D'un anniversaire à l'autre

Marie-Paul Armand

D'un anniversaire à l'autre

FRANCE LOISIRS
123, boulevard de Grenelle, Paris

Une édition du Club France Loisirs, Paris,
réalisée avec l'autorisation de Marie-Paul Armand.

ISSN 1258 1240
ISBN 2-7441-0597-X

D'un anniversaire à l'autre

1

Avec un soupir d'ennui, Gisèle repoussa le catalogue dont elle tournait nonchalamment les pages. Elle jeta un coup d'œil vers la fenêtre et eut une moue de mécontentement. Sur les vitres, la pluie ruisselait. Elle avait prévu de se rendre chez son amie Maud, mais le mauvais temps lui en avait ôté l'envie. Elle se leva, observa, dans la rue, les passants qui se hâtaient sous l'averse, protégés par des parapluies sur lesquels la pluie tombait, drue et serrée. Gisèle soupira, se blottit de nouveau dans le fauteuil qu'elle venait de quitter, et regarda autour d'elle avec découragement.

La pièce était pourtant intime et accueillante, avec ses doubles rideaux de satin, sa moquette gris perle et ses fauteuils de cuir. Tout était dans un ordre parfait. « Forcément, pensa Gisèle avec amertume, je passe mon temps à nettoyer et à ranger ! » Tout l'appartement était à cette image, propre et ordonné. C'était, par-dessus tout, ce qu'appréciait Richard. Il affirmait souvent qu'il avait souffert, dans son enfance et son adolescence, de vivre dans une maison où cinq enfants mettaient une pagaille continuelle.

– Comprends-moi, disait-il à Gisèle, lorsqu'il rentrait le soir de son travail. Après avoir passé toute une journée derrière mon guichet, à m'occuper des clients, j'ai besoin d'ordre et de calme.

D'un anniversaire à l'autre

Il était employé dans une banque. Il jugeait son salaire suffisant et avait trouvé inutile, après la naissance des enfants, que Gisèle se remît à travailler. Elle avait abandonné avec regret son emploi de vendeuse dans une parfumerie, qu'elle trouvait agréable et intéressant. Joséphine était née et, deux ans après, Olivier. Gisèle avait été heureuse de s'occuper de ses enfants, de guider leurs premiers pas, et, au début, pas un instant elle ne s'était sentie frustrée de ne plus travailler. C'était après que tout avait commencé à changer, lorsque les enfants avaient fréquenté l'école tous les deux.

Gisèle s'était mise à s'ennuyer. Pour s'occuper, elle faisait le ménage, elle rangeait, repassait, raccommodait. Mais ces tâches ne la passionnaient pas, et elle ne tarda pas à les trouver fastidieuses. Un soir, après avoir bien réfléchi, elle avait déclaré à Richard qu'elle allait chercher du travail. L'expression surprise et offusquée de son mari l'avait blessée.

– Du travail ? C'est ridicule. Je m'y oppose totalement.

– Mais... Pourquoi ? Avant, je travaillais.

– Mais c'était avant, justement. Nous étions libres, nous n'avions pas d'enfants. Je tiens à ce que tu sois à la maison pour accueillir Joséphine et Olivier chaque soir, dès qu'ils reviennent de l'école. Si tu reprends un emploi comme celui que tu avais, et que tu termines tes journées à dix-neuf heures, où iront-ils, dis-moi ? Je ne veux pas que mes enfants traînent dans les rues.

– Moi non plus, Richard. Je pense qu'il y aurait moyen de trouver une solution. Nous nous organiserions.

Il avait secoué la tête en signe de refus définitif :

– Cela poserait trop de problèmes, crois-moi. La situation actuelle est parfaite et me convient tout à fait. Je ne veux pas que tout soit perturbé. Je ne comprends pas ce qui te prend. Jusqu'ici, tu semblais satisfaite. Que se passe-t-il ?

– Je m'ennuie lorsque je suis seule, avait piteusement avoué Gisèle.

– Eh bien, occupe-toi. Lis, sors, fais du lèche-vitrines, va au cinéma, que sais-je ? Il n'est pas nécessaire pour ça de travailler. J'entends que tu restes disponible pour moi et pour les enfants.

Ulcérée par une réaction qu'elle trouvait égoïste, Gisèle n'avait pas répondu. Elle n'en avait plus jamais parlé, et Richard avait pris son désir pour un caprice vite oublié. Pourtant, à mesure que les années passaient, Gisèle avait senti croître son insatisfaction.

Progressivement, elle avait cessé de s'occuper de son apparence. Puisqu'elle ne sortait pas, ou très peu, elle ne se maquillait plus, se coiffait à la va-vite d'un coup de peigne, portait toujours les mêmes robes. Elle avait fini par devenir une bonne-à-tout-faire, cuisinière-femme-de-ménage, au service de son mari et de ses enfants. Elle passait derrière eux pour remettre de l'ordre, les servait, lavait leur linge et préparait leurs repas. Ils semblaient trouver cela tout naturel, et peut-être l'était-ce ? Mais Gisèle, elle, avait de plus en plus l'impression d'étouffer.

Pour compenser son ennui, elle s'était mise à se gaver de sucreries. Elle n'avait pas tardé à prendre du poids et elle s'effrayait, parfois, lorsqu'elle s'apercevait dans le grand miroir qui occupait un mur de la salle de bains. Était-ce vraiment elle, cette femme sans aucune grâce, mal coiffée, engoncée dans des robes trop étroites à cause de quelques kilos en trop ? Comment Richard et les enfants pouvaient-ils ne rien voir ? Elle se laissait aller et ne cherchait même plus à vaincre le découragement qu'elle éprouvait.

– De quoi te plains-tu ? lui disait Julia, sa belle-sœur qui, elle, travaillait et passait son temps à courir de son domicile à son bureau. J'ai dû reprendre un emploi après mon divorce, continuait-elle, parce que j'y étais obligée. J'ai mes deux filles à élever, et la pension alimentaire que me verse Alain est loin d'être suffisante. Eh bien, laisse-moi te dire que, par moments, j'en ai vraiment marre. Ce n'est plus une vie, c'est une course. Je t'envie, tu ne connais pas ta chance. Tu peux faire ce que tu veux quand tu le veux, et puis tu n'as pas à subir les exigences d'un patron. Penses-y, Gisèle.

Gisèle ne répondait pas. Ces réflexions étaient

vraies, sans doute. Elle aurait dû se trouver satisfaite de son sort. Elle avait un mari qui l'aimait et qu'elle aimait, deux beaux enfants qu'elle adorait. Joséphine avait dix ans, Olivier en aurait bientôt huit. Ils étaient intelligents, obéissants et bien élevés. Non, vraiment, elle n'avait aucune raison de se plaindre. Et, de peur d'être incomprise, elle ne se risquait pas à le faire.

La seule qui la comprenait était son amie Maud. Après un mariage malheureux, Maud aussi avait divorcé, mais elle n'avait pas d'enfants et s'en déclarait enchantée. Elle vivait seule, avait des aventures, et affirmait être très heureuse ainsi. Elle venait d'ouvrir une boutique de prêt-à-porter qu'elle avait baptisée avec humour *La mode chez Maud*. Elle y présentait des vêtements à la fois modernes et élégants. Gisèle y était allée à plusieurs reprises mais, la dernière fois, elle s'était sentie vexée car la jupe qu'elle avait essayée, ample et fleurie, était trop étroite pour sa taille épaissie.

– Tu grossis, avait constaté Maud sans indulgence. Et tu te laisses aller. Regarde-toi : mal coiffée, pas maquillée. Qu'y a-t-il ?

D'un seul élan, Gisèle s'était confiée, certaine que Maud comprendrait son insatisfaction. Celle-ci, en effet, avait hoché la tête avec sollicitude :

– Ton mari est un idiot. Parle-lui à nouveau. Dis-lui que je cherche une assistante et que j'aimerais t'engager. C'est vrai, en plus. Ma boutique marche bien, et si ça continue, j'aurai bientôt besoin d'une vendeuse.

Gisèle avait promis d'en parler à Richard, mais les jours passaient et, chaque soir, elle remettait au lendemain. Elle voulait le faire à un moment favorable, lorsque Richard serait de bonne humeur. Mais depuis quelque temps, Richard au contraire se montrait irascible et nerveux. Il fumait davantage, dormait mal, se montrait impatient avec les enfants. Elle lui avait demandé s'il avait des ennuis avec son travail, et il avait répondu négativement. Elle était bien décidée, pourtant, à plaider sa cause et à ne pas laisser passer sa chance. Elle ne se doutait pas qu'un événement imprévu lui donnerait satisfaction, mais en même temps bouleverserait sa vie.

2

Tout commença un dimanche matin. Comme d'habitude, pendant que Gisèle paressait au lit, les enfants se levèrent tôt. Richard avait l'habitude de les emmener à la piscine, et depuis qu'ils savaient nager, ils adoraient ce sport. Pelotonnée dans le lit, Gisèle les écouta se préparer. La voix grave de Richard répondait à leurs deux voix excitées. Avant de sortir, ils lui crièrent, à travers l'appartement :

– Au revoir, M'man ! À tout à l'heure !

La porte claqua. Ils étaient partis. Gisèle paressa encore un peu. Elle avait toujours détesté se lever tôt, surtout le dimanche où ils avaient tout le temps de faire la grasse matinée. Elle ne pouvait pas comprendre l'engouement de Richard et des enfants pour la piscine. Au début, lorsqu'ils lui avaient demandé de les accompagner, elle avait refusé, et elle était demeurée ferme dans sa décision. Elle n'aimait pas nager, et la seule idée de plonger dans une eau glacée la faisait frissonner. Elle fit un effort pour se lever et se dirigea vers la cuisine.

Richard et les enfants, selon leur habitude, avaient tout laissé en désordre, dans la cuisine comme dans la salle de bains. Gisèle étouffa un soupir et se mit à ranger. Puis elle fit sa toilette rapidement, passa une robe, n'importe laquelle, et prépara son petit déjeuner. Elle se fit griller des tartines, qu'elle recouvrit d'une épaisse couche de beurre et de confiture. Elle but plusieurs tasses de café, qu'elle sucra abondamment. Elle avait tout à fait conscience d'agir d'une façon déraisonnable, mais elle ne pouvait pas s'en empêcher. C'était, pour elle, un exutoire au mécontentement insidieux qui, de plus en plus, prenait possession de son esprit.

Ensuite, elle se mit à préparer le repas. Lorsque Richard et les enfants rentreraient, ils seraient affamés, comme chaque fois qu'ils revenaient de la piscine. Elle fit une crème au chocolat pour le dessert. Elle venait de la mettre au réfrigérateur lorsque le téléphone sonna. C'était Maud.

– Alors, comment vas-tu depuis l'autre jour ? As-tu parlé à Richard ? demanda-t-elle sans préambule. Il faut que je sache si je peux compter sur toi. Dans le cas contraire, j'engagerai quelqu'un d'autre. Mais je préférerais que ce soit toi, bien entendu. Je te connais, tu es sérieuse et efficace. Alors ?...

Gisèle se sentit coupable.

– Eh bien, je... C'est-à-dire... Je n'en ai pas encore parlé à Richard. Tu comprends... J'ai peur qu'il refuse.

– Mais secoue-toi, que diable ! Et même s'il refuse, bats-toi pour obtenir ce que tu désires. Tu es trop molle avec lui, ma pauvre Gisèle.

Vexée, Gisèle se mordit les lèvres. Elle se contraignit à expliquer posément :

– Je ne veux pas le heurter de front, Maud, essaie de comprendre. Il est terriblement têtu, et plus j'insisterai, plus il s'obstinera dans son refus.

– Mmmouais... Je ne crois pas que tu aies raison. À mon avis, tu te laisses trop faire et il en profite. Tu devrais réagir et te méfier, c'est un conseil que je te donne.

Le ton plein de sous-entendus de son amie fit trembler le cœur de Gisèle.

– Que veux-tu dire, Maud ?

– Je ne voulais pas t'en parler, mais finalement, je crois qu'il vaut mieux que je te prévienne. À plusieurs reprises, j'ai aperçu ton mari avec une jeune femme. Au début, j'ai pensé que ça ne voulait rien dire, c'est peut-être une collègue de travail, je n'en sais rien. Mais la dernière fois, il la tenait par les épaules et il la serrait de près, crois-moi.

– Une... une jeune femme ? balbutia Gisèle, avec l'impression de recevoir un coup sur la tête. Comment est-elle ?

– Je l'ai trouvée assez séduisante. Mince, dynamique. Elle est toujours en tenue de sport, survêtement et tennis aux pieds.

Abasourdie, Gisèle ne trouva rien à répondre. Richard avec une autre ? Était-ce possible ? C'était une idée qui ne lui avait jamais effleuré l'esprit. Elle lui donnait tout ce qu'il désirait, s'efforçait de le satisfaire en tout, avait même renoncé à travailler pour ne pas lui déplaire, et pendant ce temps-là, lui, de son côté, en profitait pour la tromper ? Une flambée de colère la galvanisa brutalement. Elle s'exclama :

– Ça alors, c'est trop fort ! Et moi qui n'ose pas lui parler, de peur de le contrarier ! Je te remercie de m'avoir prévenue, Maud. Je vais tirer ça au clair, fais-moi confiance.

Elle raccrocha d'un geste rageur. Elle finit de préparer le repas, partagée entre le courroux, la révolte et le chagrin. Elle aimait toujours Richard, et jusqu'ici elle avait cru que lui aussi l'aimait. Lorsqu'elle l'avait rencontré, elle avait été séduite par sa franchise. Elle lui avait toujours fait confiance. Les propos de Maud lui montraient Richard sous un jour nouveau, dévoilaient chez lui une duplicité qu'elle n'aurait jamais soupçonnée.

Lorsqu'ils rentrèrent, les cheveux mouillés, l'air épuisé mais content, elle bouillait d'indignation mais se comporta comme elle le faisait habituellement. Elle mit les serviettes et les slips de bains dans la machine à laver, elle servit le repas, serrant les lèvres et mangeant à peine, tandis que Joséphine et Olivier, ravis, ne cessaient de parler de leurs exploits de la matinée.

– J'ai nagé sous l'eau ! répétait pour la troisième fois Olivier. J'avais peur, mais Nancy est venue avec moi et m'a aidé. Et grâce à elle, j'y suis arrivé !

– Et moi, renchérissait Joséphine, j'ai réussi à plonger. Jamais je n'avais osé le faire jusqu'à aujourd'hui ! Nancy dit que bientôt, je serai assez entraînée pour sauter du grand plongeoir. Tu te rends compte, maman ?

– Et elle va m'apprendre le crawl, reprenait Olivier. Elle me l'a promis. Ça, c'est chouette !

Richard souriait, complice, approbateur. Gisèle, silencieuse, écoutait. Nancy par ci, Nancy par là... Elle réalisait que les enfants avaient parlé d'elle, déjà. Ils la rencontraient chaque dimanche à la piscine et, dès qu'ils rentraient, ils ne tarissaient pas d'éloges à son sujet. Gisèle n'y avait jamais prêté vraiment attention. Mais, ce jour-là, les paroles de Maud avaient éveillé sa méfiance, et une intuition lui disait que cette Nancy était peut-être bien la jeune femme que Richard serrait de près.

Elle se força à attendre la fin du repas. Dès qu'ils eurent terminé de manger, les enfants s'en allèrent dans leur chambre, et Richard s'installa dans le salon avec son journal.

Gisèle prit le temps de remplir le lave-vaisselle et de tout remettre en ordre avant d'aller rejoindre son mari.

Elle s'assit en face de lui, crispée mais déterminée. Plongé dans son journal, il ignora sa présence. Elle réalisa que cette attitude était devenue habituelle, et elle se dit qu'il n'existait plus aucun dialogue entre eux. Incapable de se contenir davantage, elle ordonna d'une voix brève :

– Richard, écoute-moi.

Il leva un visage surpris. Ses cheveux gonflaient en séchant, et une boucle retombait sur son front. Malgré sa colère, Gisèle revit en lui le jeune homme dont elle était tombée amoureuse, et elle trouva qu'il était toujours aussi séduisant. Était-il possible qu'il la trompât avec une autre ? Une douleur aiguë lui tordit le cœur.

– Eh bien, qu'y a-t-il ? demanda Richard avec une impatience qu'il ne cherchait même pas à dissimuler.

– Richard, qui est Nancy ?

Devant cette question directe, il se troubla. Il baissa les yeux, décroisa les jambes, fit mine de chercher une cigarette, toussota :

– Eh bien, tu le sais. Joséphine et Olivier te l'ont dit. Nous la rencontrons le dimanche, à la piscine.

Gisèle le fixait, féroce, sans aucune pitié pour son embarras.

– Mais, reprit-elle, tu la rencontres ailleurs ? Maud m'a appelée. Elle dit qu'elle t'a aperçu, à plusieurs reprises, avec une jeune femme. Dis-moi la vérité. C'est elle, n'est-ce pas ?

Richard hésita un instant. Il regarda la femme qui lui faisait face – sa femme. Il la vit telle qu'elle était, avec ses cheveux qui pendaient, son visage qui s'empâtait, et son regard, dur et agressif. Combien elle était différente de la jeune fille qu'il avait rencontrée et épousée ! Il se décida, d'un seul coup :

– Eh bien oui, c'est elle.

Gisèle ferma les yeux et parut chanceler, comme si elle recevait un coup. Elle se rendit compte qu'elle avait espéré, malgré tout, que cette rivale n'en serait pas une. En même temps, une indignation brûlante lui embrasa tout le corps.

– Comment peux-tu te conduire ainsi envers moi, dit-elle avec colère, et envers les enfants ?

– Je ne l'ai pas fait dans le but de te blesser, Gisèle. C'est que... avec Nancy, on a l'impression de vivre. Elle est pleine d'énergie, pleine d'enthousiasme... À ses côtés, on ne s'ennuie pas un seul instant.

Furieuse, Gisèle se redressa.

– Je n'accepterai pas une telle situation, Richard. Il va falloir que tu choisisses. C'est elle ou moi.

Un instant, Richard parut interloqué. Puis son visage se durcit.

– Tu ne devrais pas réagir ainsi, Gisèle. Si tu me forces à choisir, sache que mon choix est déjà fait. Je voulais d'ailleurs t'en parler, ces derniers jours.

Gisèle eut l'impression que sa respiration se bloquait. D'une voix enrouée, elle dit :

– Tu la préfères à moi ? C'est ça ?

Sans répondre directement, Richard se leva.

– Puisque j'ai choisi, il est inutile que je reste plus longtemps.

Il se dirigea vers la porte. La colère de Gisèle explosa. Incapable de se dominer, elle ramassa les coussins qui parsemaient les fauteuils et les lui lança à la tête en criant :

– Eh bien, pars donc ! Pars la rejoindre, que je ne te voie plus, goujat !

Il s'enfuit pour échapper à cette mégère échevelée en qui il ne reconnaissait rien de la femme soumise qui, jusqu'ici, avait partagé sa vie. Elle le suivit dans la chambre et, tandis qu'il sortait une valise du placard, continua d'un ton belliqueux :

– Et les enfants ? Tu les abandonnes, eux aussi ?

– Non, je ne les abandonne pas. Nous en discuterons lorsque tu seras plus calme. En attendant, je viendrai les chercher chaque dimanche. Tu ne verras pas d'inconvénient à ce que je continue à les emmener à la piscine ?

Juste à cet instant, Olivier sortit de sa chambre en courant :

– Maman ! s'exclama-t-il. Nous jouons aux petits chevaux, et Joséphine triche !

Joséphine suivit son frère et cria :

– Ce n'est pas vrai ! Je ne triche pas !

Gisèle porta les mains à son front, en un geste excédé :

– Par pitié, les enfants, ne criez pas si fort !

En apercevant la valise que Richard remplissait, Joséphine s'arrêta, interloquée.

– Tu pars, papa ? Où vas-tu ?

Avec humeur, d'une voix lourde de rancune, Gisèle répondit :

–Il s'en va rejoindre Nancy. Figurez-vous qu'il préfère aller vivre avec elle.

Le regard de reproche que lui lança Richard ne l'atteignit pas. Puisqu'il partait, il fallait bien avertir les enfants, cela les concernait aussi. Et il était préférable de leur avouer la vérité. Il se passa alors une chose à laquelle Gisèle ne s'attendait pas. Olivier sauta sur ses pieds :

– Papa ! cria-t-il. Je peux aller avec toi ?

– Moi aussi ! Papa, emmène-moi aussi, supplia Joséphine.

Gisèle, atterrée, regarda ses enfants :

– Vous aussi, vous voulez partir ? Et me laisser seule... ?

Joséphine eut le bon goût de paraître embarrassée. Mais Olivier, inconscient de la peine qu'il faisait à sa mère, répliqua sans hésiter :

– Puisque papa y va, pourquoi pas nous ? On l'aime bien, Nancy !

Folle de colère, Gisèle les poussa tous les trois hors de la chambre :

– Eh bien, puisque c'est comme ça, partez tous !

Restée seule, elle ferma la porte à clé, se jeta sur le lit, et enfouit sa tête sous son oreiller pour ne plus rien entendre, et aussi pour étouffer les sanglots de révolte et de désespoir qui la déchiraient.

Elle pleura longtemps. Lorsqu'elle se calma enfin, elle se releva, se sécha les yeux, se moucha. Le miroir de la coiffeuse lui renvoya un visage gonflé et marbré de rouge, des cheveux hirsutes. Elle se détourna de cette image peu flatteuse. Avec appréhension, elle alla jusqu'à la porte, tourna la clé et sortit de la chambre. L'appartement était anormalement calme. Elle parcourut les pièces vides, s'aperçut que les enfants avaient emmené chacun un sac de sport avec du linge de rechange, leur pyjama, leur brosse à dents. Ils avaient également emporté leur cartable, leurs livres de classe et leurs cahiers. Ainsi, ils avaient mis à exécution l'ordre que, dans sa colère, elle avait lancé stupidement, sans réfléchir. Ils étaient partis avec leur père chez cette Nancy qu'elle ne connaissait pas, qu'elle n'avait même jamais vue. Était-ce possible ? Comment Richard pouvait-il se comporter ainsi, avec tant de cruauté et d'inconscience ?

Gisèle se sentit subitement sans force. Sa colère l'avait quittée, laissant la place à un immense abattement. Découragée, elle se laissa tomber sur une chaise. Un papier, au beau milieu de la table, attira son attention. Richard avait tracé quelques mots, d'une écriture rageuse et impatiente :

Nous t'obéissons, et nous partons. Je te téléphonerai dans la semaine.

La sécheresse de ce message lui fit voir la situation dans toute son horreur. Elle se secoua avec incrédulité. Ce n'était pas vrai, ils allaient revenir. Richard agissait ainsi pour lui faire peur, pour lui donner une leçon. Il n'était pas possible que cette jeune femme, Nancy, acceptât d'une seconde à l'autre qu'un homme et deux enfants viennent envahir son existence... Elle demeura tout l'après-midi hébétée, tendant inconsciemment l'oreille et guettant le bruit de leurs pas dans l'escalier.

Lorsqu'arriva le soir, elle comprit qu'ils ne reviendraient pas. Une fureur, de nouveau, monta en elle, ainsi qu'un sentiment de haine envers celle qui, sans remords, lui prenait son mari, ses enfants, et brisait son foyer. Qui était-elle ? Aimait-elle Richard à ce point ? Et lui, envisagerait-il de divorcer pour l'épouser ? Il n'en avait pas parlé, mais il avait précisé à Gisèle qu'ils discuteraient lorsqu'elle serait plus calme. Mais elle n'avait jamais songé à divorcer. Tout allait beaucoup trop vite. En l'espace d'une journée, sa vie avait volé en éclats. Non seulement elle avait appris que son mari la trompait, mais en plus, elle se retrouvait seule et abandonnée. La défection de ses enfants, surtout, la blessait. Sans aucun doute étaient-ils trop jeunes pour se rendre compte du mal qu'ils lui faisaient. Ils paraissaient totalement séduits par

Nancy, qui avait su devenir leur amie, et ils avaient suivi leur père avec enthousiasme, enchantés du changement qui survenait dans leur vie. Et, dans l'appartement déserté, Gisèle se sentait perdue. Une impulsion la poussa à appeler Maud. La sonnerie retentit longtemps, et elle se dit que son amie n'était pas chez elle. Puis, au moment où elle allait raccrocher, une voix essoufflée répondit.

– Oui ? Allô ?

– Allô, Maud ? C'est Gisèle.

– Ah ! Gisèle ! Je rentre à l'instant. Alors, quoi de neuf ? Tu as parlé à Richard ?

– Maud, tu avais raison. Il me trompait. Il l'a avoué. Figure-toi qu'il m'a quittée. Il est allé la rejoindre. Et le pire, c'est qu'il a emmené les enfants.

– Eh bien, ça alors ! Et tu l'as laissé faire ?

Gisèle raconta la scène telle qu'elle s'était produite. À la fin, sa voix tremblait, ses yeux étaient pleins de larmes.

– Maud, je suis à la fois furieuse et désespérée. Crois-tu qu'ils reviendront ?

– Je n'en sais rien du tout. Ce que je peux te conseiller, c'est de retourner la situation à ton avantage. Tu te retrouves seule et libre. Plus d'enfants ni de mari à servir. Profites-en. Pour commencer, viens travailler avec moi dès demain. Mets une jolie robe, maquille-toi, je veux que tu sois élégante. C'est pour le standing de ma boutique, tu comprends ? Tu verras, le travail te fera sortir de ta coquille et te changera les idées. Alors, à demain ?

Les paroles de Maud éveillèrent chez Gisèle un intérêt plein d'espoir. Oui, c'était la meilleure façon de réagir. Elle sentit remuer, tout au fond d'elle-même, une combativité nouvelle.

– Tu as raison, Maud. Je viendrai, tu peux compter sur moi.

Elle fit une pause, reprit :

– Et sais-tu le plus beau ? C'est aujourd'hui mon anniversaire de mariage. Ça fait treize ans que j'ai épousé Richard. Et il faut qu'il choisisse ce jour-là pour me quitter ! Il ne s'en est même pas rendu compte, il l'avait totalement oublié !

– Les hommes sont égoïstes et ne pensent qu'à eux, constata Maud d'un ton sentencieux. Crois-moi, il faut leur rendre la pareille. Si ton Richard s'attend à ce que tu le supplies, montre-lui au contraire que tu te passes très bien de lui. Il sera surpris et vexé, et ce sera un atout pour toi, tu peux me croire.

Gisèle eut un petit rire :

– Je te remercie, Maud. Tu as réussi à me remonter le moral. À demain.

Elle raccrocha, soudain pleine d'énergie et de résolution. Avec décision, elle se rendit dans la salle de bains, se dévêtit, se pesa, chose qu'elle évitait de faire ces derniers temps. Elle fut horrifiée par le chiffre que lui indiqua la balance. Presque dix kilos en trop... Il était temps, pensa-t-elle. À ce rythme-là, que serait-elle devenue ? Elle comprit que Richard avait peut-être des excuses s'il s'était laissé séduire par une jeune femme plus mince et plus dynamique. Elle allait suivre le conseil de Maud, profiter de sa liberté toute neuve pour prendre soin d'elle, de son corps, de son apparence. Sans Richard et les enfants, ce serait facile. Elle se fit couler un bain, qu'elle parfuma de sels moussants. Puis elle se fit une mise en plis. Elle trouva ses cheveux ternes et trop longs, et se promit d'aller chez le coiffeur le plus tôt possible. Elle dîna d'une salade et d'un fruit. Elle n'avait pas faim ; et puis il valait mieux commencer tout de suite le régime qui s'avérait indispensable.

Ce fut au moment de se coucher qu'elle eut subitement une crise de cafard et faillit se remettre à pleurer. Sans les enfants, l'appartement semblait privé de vie, était d'une tristesse insupportable. Refusant de s'apitoyer sur elle-même, elle prit un somnifère qui lui procura un sommeil rapide et sans rêves.

3

Le lendemain, elle se rendit chez Maud pour neuf heures. La boutique n'était pas ouverte le lundi matin, et Maud en profita pour lui expliquer tout ce qu'elle devait savoir. Puis elles allèrent déjeuner ensemble. Gisèle, excitée à l'idée de recommencer à travailler, en arrivait presque à en oublier le départ de Richard et des enfants.

– Tu verras, répétait Maud avec assurance, rien de tel que le travail pour changer les idées.

Pendant le repas, elle parla d'elle-même, de sa vie qui, affirmait-elle, lui donnait entière satisfaction. Elle avait sa boutique, qui connaissait un réel succès, et de plus, elle qui collectionnait les aventures et se vantait de ne jamais s'attacher, elle était tombée récemment amoureuse.

– Amoureuse, toi ? interrogea Gisèle avec surprise.

– Mais oui. Nous nous entendons parfaitement. Il est marié, mais ca ne me gêne pas du tout. Nous nous voyons quand nous le voulons. Il ne s'entend plus avec sa femme, ce qui facilite les choses.

– Il ne parle pas de la quitter pour venir vivre avec toi ?

– Non, au contraire. Il m'a prévenue dès le début qu'il ne les quitterait jamais, elle et les enfants.

– Tout ce que je peux dire est que Richard n'en a pas fait autant, commenta Gisèle avec amertume.

– Mais je ne tiens pas non plus, moi, à ce qu'il la quitte. J'aime mon indépendance, j'aime vivre seule. Je ne suis pas faite pour la vie conjugale, mon mariage l'a bien prouvé. Le quotidien use l'amour, au fil des jours. C'est ce qui s'est produit pour ton couple, Gisèle.

Les larmes aux yeux, Gisèle ne répondit pas. Elle pensa que, contrairement à Maud, elle ne sentait pas faite pour vivre seule. Elle avait besoin d'une famille autour d'elle, et celle qu'elle possédait n'existait plus. La retrouverait-elle un jour ?

L'après-midi passa rapidement. Gisèle avait l'impression d'évoluer dans un monde irréel. Elle conseillait les clientes, les guidait dans leur choix, enveloppait leurs achats, toujours affable et souriante. Elle se sentait fort différente de la femme amorphe et découragée des semaines précédentes. Elle avait l'impression de se retrouver autre, plus dynamique, plus jeune.

Les jours suivants furent identiques. Le moment difficile était le soir, lorsque Gisèle se retrouvait seule dans l'appartement. Le vide et le silence l'écrasaient, l'étouffaient. Elle mettait la radio, la télé, et cela lui donnait l'impression illusoire d'avoir de la compagnie. Elle dînait le plus souvent d'une salade, d'un yaourt, d'un fruit. Puisque Richard et les enfants n'étaient plus là, elle ne confectionnait plus ni gâteaux ni crèmes. De ce fait, elle mangeait moins, et savait qu'elle ne tarderait pas à retrouver sa silhouette d'avant. Puis elle se couchait tôt, fatiguée de sa journée de travail. Fatiguée mais satisfaite.

Le vendredi soir, Richard téléphona. Le cœur de Gisèle manqua un battement lorsqu'elle reconnut sa voix. Il lui demanda brièvement :

– Puis-je t'amener les enfants demain après-midi ?

– Demain, je suis prise toute la journée. Je travaille chez Maud depuis lundi.

Richard eut une exclamation où se mêlaient surprise, dépit, colère :

– Tu n'as pas perdu de temps, à ce que je vois.

– En quoi cela te concerne-t-il ? Tu es parti, je fais ce que je veux. Il y a longtemps que je désire retravailler, tu le sais.

– Alors, pour les enfants, que fait-on ?

– Ils peuvent venir dimanche, s'ils le désirent.

– D'accord. Je te les amènerai tout de suite après la piscine.

Il raccrocha. Le cœur gros, Gisèle reposa le combiné. Il ne s'était pas inquiété d'elle, ne lui avait même pas demandé comment elle allait. Ne l'intéressait-elle donc plus du tout ? Était-il complètement subjugué par cette jeune femme qu'il était allé rejoindre ? Il n'avait parlé que des enfants. Était-ce eux-mêmes qui avaient demandé à venir voir leur mère ?

Ou bien Richard l'avait-il décrété et avaient-ils accepté simplement par obéissance ?

Le dimanche, elle se leva tôt, mit une jolie robe, et pour la première fois depuis une semaine prépara un repas succulent, couronné par un gâteau au chocolat. Elle se sentait impatiente, heureuse, et en même temps inquiète. Comment allait-elle retrouver ses enfants ? Étaient-ils satisfaits de leur nouvelle vie ? Qu'allaient-ils lui raconter ?

Ils arrivèrent vers midi et demie. Ils n'étaient que tous les deux. Richard les avait déposés en bas de l'immeuble et était reparti aussitôt. Ils entrèrent comme un tourbillon, se jetèrent au cou de Gisèle, s'exclamèrent avec admiration :

– Comme tu es belle, maman ! Tu t'es coupé les cheveux ? Ils ont des reflets blonds, c'est très joli !

– Hmmm ! ça sent bon ! J'ai faim !

Au cours du repas, ils dévorèrent avec un appétit qui enchanta Gisèle. Ils avaient l'air en pleine forme, et elle se demanda avec un serrement de cœur s'ils étaient plus heureux avec Nancy qu'avec elle.

Crispée, elle se décida à les interroger :

– Vous aimez votre nouvelle vie ?

Joséphine hocha la tête avec vigueur :

– Ah ! oui alors ! Nancy dit qu'elle fera de nous des nageurs excellents. Elle est professeur de sport dans un lycée, tu sais ? Et elle s'occupe, le reste du temps, d'un tas de clubs – yoga, tennis, gymnastique féminine. Elle nous a inscrits partout. Chaque soir, après l'école, nous y allons. Nancy dit que ça va nous faire beaucoup de bien. Elle a inscrit papa aussi. Elle lui fait faire du jogging. Il dit qu'il se sent beaucoup plus jeune qu'avant, il se laissait rouiller sans réagir.

– Mais... insista Gisèle, à part le sport, elle s'occupe bien de vous ?

Les deux enfants se regardèrent, indécis. Puis Joséphine haussa les épaules :

– Elle trouve qu'à dix ans je suis assez grande pour me débrouiller toute seule, et m'occuper de mon petit frère. Elle ne surveille pas nos devoirs comme toi, elle ne prépare pas notre petit déjeuner. Nous le faisons nous-mêmes, et après, nous devons tout ranger. Papa dit que c'est excellent, et que jusqu'ici nous avons été trop chouchoutés.

Blessée, Gisèle se tut. Elle renonça à interroger davantage ses enfants. Comme il faisait beau, elle les emmena faire une promenade. La prochaine venue du printemps rendait l'air plus vif, parsemait les arbres de bourgeons tendres et vernissés. Joséphine et Olivier marchaient près d'elle en sautillant. Ils allèrent jusqu'au parc. Dans une allée déserte, Joséphine montra ce qu'elle avait appris lors de son premier cours de danse.

– Nancy dit que la danse classique, pour une fille, c'est indispensable. Ça donne beaucoup de grâce.

– Et moi, coupa Olivier, je sais nager sous l'eau

tout seul. Et Nancy va m'apprendre le crawl. Et après, la brasse papillon. Elle dit que ça développe. Elle trouve que, pour mes huit ans, je suis trop... euh...

Il hésita, fronça les sourcils.

– Tu es trop chétif, continua Joséphine avec importance. Nancy dit qu'elle va faire de toi un garçon fort et musclé.

Gisèle, soudain, en eut assez. La conversation de ses enfants lui devenait insupportable. Nancy dit que... Nancy trouve que... Cette Nancy, de quoi se mêlait-elle ? Joséphine et Olivier n'étaient pas ses enfants, après tout. Gisèle ne put s'empêcher de demander :

– Et... ça vous plaît de faire tout ça ?

Ils approuvèrent avec énergie.

– Je serai le plus fort, affirma Olivier, et à l'école je donnerai des raclées à ceux qui m'embêtent.

– Et moi je serai la plus gracieuse, dit Joséphine, et tout le monde m'admirera.

Pour changer de sujet, Gisèle les interrogea sur leur travail de classe. Le visage de Joséphine se rembrunit.

– Nous n'avons plus beaucoup de temps pour faire nos devoirs le soir, à cause du sport. Et comme Nancy ne nous aide pas, quelquefois nous n'y arrivons pas.

Contrariée, Gisèle posa la question qu'elle retenait depuis le début :

– Ne voulez-vous pas revenir à la maison ?

Les deux enfants la fixèrent avec un air offusqué.

– Nous aimons mieux rester avec papa et Nancy, déclara Olivier sans détours. Le sport, c'est plus amusant que les devoirs.

Gisèle ne répondit pas. Elle savait que son fils était intelligent mais paresseux. Elle revit, en pensée, les soirées où elle l'obligeait à réciter ses leçons, le faisant recommencer jusqu'à ce qu'il les sût parfaitement. Si personne ne s'occupait de lui, il n'apprendrait plus rien, elle le savait, et il ne tarderait pas à devenir un élève exécrable. Elle se dit qu'elle en parlerait à Richard dès qu'elle en aurait l'occasion. Il ne pouvait quand même pas souhaiter que son fils devienne un cancre.

Ils revinrent à l'appartement, et Gisèle leur offrit à goûter. Elle avait fait une glace dont ils se régalèrent avec gourmandise. Puis ils allèrent dans leur chambre, parurent ravis de retrouver les jouets qu'ils y avaient laissés. Peu avant dix-huit heures, un coup de klaxon impératif retentit dans la rue. Joséphine écarta le rideau :

– C'est papa. Il a dit qu'il viendrait nous chercher à six heures.

Rapidement, ils mirent leur blouson, embrassèrent Gisèle.

– Au revoir, maman. À dimanche prochain.

Et ils sortirent de l'appartement. Gisèle se retrouva seule, écoutant leur galopade décroître dans l'escalier. Elle se pencha à la fenêtre, les vit monter dans l'auto.

Elle aperçut fugitivement, derrière le pare-brise, le visage de Richard. Pourquoi ne montait-il pas jusqu'à l'appartement ? Refusait-il de la revoir ? Non seulement cette Nancy lui avait pris son mari, mais elle lui prenait aussi ses enfants. Quel but poursuivait-elle ? Malheureuse, Gisèle chercha un moyen de remédier à cette situation. Devait-elle exiger que les enfants reviennent ? Devait-elle attendre, au contraire, qu'ils se lassent et demandent eux-mêmes à revenir ? Elle ne savait que faire. Elle tourna et retourna le problème dans sa tête toute la soirée, sans trouver de solution satisfaisante.

Les jours s'ajoutèrent aux jours, formèrent des semaines. Richard amenait les enfants chaque dimanche après-midi, et venait les reprendre sans jamais monter à l'appartement, si bien que, depuis qu'il était parti, Gisèle ne l'avait toujours pas revu. Par moments, elle s'inquiétait. Cette situation boiteuse ne pourrait pas durer indéfiniment. Avait-il l'intention de demander le divorce ? Elle n'osait pas interroger les enfants. Elle devait s'avouer qu'au fond d'elle-même, elle aimait toujours Richard, et elle souhaitait qu'il revienne. Elle attendait, et espérait.

Elle perdait du poids, redevenait mince. Le printemps qui s'installait joyeusement l'incita à faire l'achat de nouveaux vêtements qui lui donnèrent une silhouette jeune et élégante. Maquillée avec soin, toujours bien coiffée, elle était redevenue séduisante. Elle se sentait bien dans sa peau et était satisfaite lorsque son miroir lui renvoyait sa nouvelle image. « Il y a au moins un point sur lequel cette épreuve aura été bénéfique », pensait-elle. Son travail lui plaisait, elle s'entendait parfaitement avec Maud. Si les enfants – et Richard – ne lui avaient pas manqué autant, elle aurait pu se trouver heureuse.

Cet après-midi-là, il faisait si beau que la porte de la boutique était restée grande ouverte. Un rayon de soleil allègre dansait sur la moquette et mettait dans la pièce une multitude de poussières d'or. Il y avait dans l'air quelque chose de grisant auquel Gisèle n'était pas insensible. Des jeunes femmes, des jeunes filles entraient, jetaient des coups d'œil aux modèles exposés, se laissaient tenter. Maud et Gisèle, sans se lasser, les servaient, les conseillaient. Vers la fin de l'après-midi, un jeune homme de trente à trente-cinq ans entra, visiblement embarrassé. Gisèle songea, amusée, qu'il ne devait pas avoir l'habitude de fréquenter les boutiques féminines. Elle s'avança vers lui, souriante, gracieuse :

– Monsieur ? Puis-je vous aider ?

Il lui montra l'étalage :

– Oui, s'il vous plaît. Je voudrais le chemisier qui est en vitrine, celui-là, en soie blanche.

– C'est un très beau modèle, approuva Gisèle. En quelle taille le désirez-vous ?

– En 40.

– Celui de la vitrine est un 38. Je vais vous le montrer en taille 40.

Gisèle sortit d'un tiroir le même modèle, l'étala sur le comptoir. Le jeune homme tâta le tissu.

– Oui, c'est bien celui-là. Je vais le prendre. À vrai dire, ma femme l'avait remarqué en passant devant votre magasin, et je vais le lui offrir.

– Vous désirez un paquet cadeau, peut-être ? s'enquit Gisèle, très professionnelle.

– Oui, avec une étiquette « Bonne fête » si c'est possible.

Gisèle acquiesça avec un sourire. Elle soigna la présentation du paquet, le tendit au client :

– Si ce n'est pas la taille exacte, n'hésitez pas à venir le changer. Dans les quarante-huit heures, de préférence.

Il remercia et sortit. Elle le regarda s'éloigner, rêveuse. Il y avait eu un temps où Richard, lui aussi, lui apportait des cadeaux de ce genre, qu'elle accueillait toujours avec une joie ravie. Depuis combien de temps cela ne s'était-il pas produit ? Plusieurs années, sans aucun doute. Elle se rendait compte maintenant que l'atmosphère entre eux s'était peu à peu dégradée, mais, sur le moment, elle n'en avait pas pris conscience. Elle avait lu quelque part que l'amour était comme une plante qui avait besoin de soins continuels, et elle comprenait la justesse d'une telle affirmation. Si Richard revenait, elle ferait tout ce qu'elle pourrait pour recréer le climat chaleureux qui existait entre eux au début de leur mariage. Elle y était bien décidée. Mais... reviendrait-il ?

Le lendemain, dans la matinée, le jeune homme de la veille revint, son paquet sous le bras.

– La taille ne convient pas ? demanda Gisèle. Vous voulez l'échanger ?

Le jeune homme lui tendit le paquet avec un air contrit.

– Euh... ce n'est pas exactement ça. Je voudrais savoir si, éventuellement, vous accepteriez de le reprendre. Il est intact, vous savez. Il n'a même pas été ouvert.

Gisèle jeta un coup d'œil sur l'emballage. Rien n'avait bougé, en effet. Tout était resté identique à ce qu'elle avait fait la veille.

– Le reprendre ? balbutia-t-elle, indécise. Je ne sais pas si...

Le jeune homme eut un geste impatient.

– Écoutez, si vous ne voulez pas le rembourser, alors acceptez-le de ma part comme cadeau, ou bien donnez-le en prime à l'une de vos clientes. Moi, ce chemisier, je ne veux plus le voir. Je voulais l'offrir à ma femme pour sa fête. Nous nous étions disputés, et ce cadeau était un gage de réconciliation. Lorsque je suis rentré chez moi hier soir, j'ai trouvé l'appartement vide. Elle m'avait laissé un mot pour me dire qu'elle s'en allait. Elle m'a quitté, comprenez-vous ? Alors, ce chemisier, non seulement il ne me sert plus à rien, mais en plus il va toujours me rappeler cet affreux moment... Je n'en veux plus. Faites-en ce que vous voulez !

Il se détourna brutalement et sortit de la boutique à grands pas. Abasourdie, Gisèle resta stupide, sans même songer à le rappeler. Elle regarda autour d'elle, cherchant Maud. Celle-ci était avec une cliente dans une cabine d'essayage, et n'avait pas remarqué la scène qui venait de se produire. Gisèle soupira, ennuyée. Il n'était pas question de reprendre cet article sans le rembourser. Elle chercha, dans la caisse, parmi les chèques des jours précédents. Elle se souvenait parfaitement que le client en avait fait un, qui devait encore être là car Maud attendait toujours le vendredi pour porter à la banque tous les chèques de la semaine. Grâce à la somme inscrite, elle le retrouva vite. Elle le mit dans la case, sous le comptoir, avec le chemisier toujours enveloppé de son papier cadeau. Il fallait qu'elle en parle à Maud.

À midi, lorsque la dernière cliente fut partie, Gisèle expliqua à son amie ce qui s'était passé. Maud regarda le paquet que le client avait rapporté, défit l'emballage. À l'intérieur, le chemisier était intact, aussi neuf que la veille. Maud alla le remettre en place, puis observa le chèque.

– L'adresse est indiquée. Il nous suffira de le renvoyer. Heureusement que ce genre de choses n'arrive pas souvent. Ma boutique ferait faillite !

Elle tendit le chèque à Gisèle :

– Tiens, tu t'en occuperas. Après tout, c'est ton client. Maintenant, je me sauve. J'ai rendez-vous avec Maurice pour déjeuner. Je ne tiens pas à arriver en retard. Nous nous voyons si rarement ! Si je ne suis pas rentrée pour quatorze heures, je compte sur toi pour ouvrir la boutique et recevoir les clientes. À tout à l'heure, et merci !

Elle fit à Gisèle un clin d'œil complice et s'esquiva en riant, légère et joyeuse. Ce n'était pas la première fois qu'elle confiait ainsi à son amie les clefs de sa boutique. Cela faisait plaisir à Gisèle et lui donnait un sentiment d'importance. Maud la trouvait sérieuse, intelligente et capable, et elle déplorait, sans le lui dire ouvertement, l'attachement qu'elle s'obstinait à éprouver pour ce Richard qui l'avait abandonnée. Mais bien vite elle n'y pensa plus, tout à l'impatience et au plaisir de retrouver son amant.

Gisèle mit le chèque dans son sac et ferma la boutique. Dehors, il faisait si beau qu'elle refusa l'idée d'aller s'enfermer pour déjeuner. Elle hésita entre s'asseoir à la terrasse d'un café, ou bien s'acheter un sandwich et aller le manger dans le parc tout proche, à l'ombre des arbres. Elle venait d'opter pour cette solution lorsqu'une grande silhouette se dressa devant elle. C'était son client de la matinée.

– Je suis désolé, lui dit-il. Je vous attendais mais je n'osais pas vous aborder. Je voulais m'excuser pour tout à l'heure. J'ai bien peur d'avoir été impoli. Pardonnez-moi, je me suis emporté. C'est que ce chemisier me brûlait les doigts, je ne pouvais plus supporter de le voir.

Gisèle ouvrit son sac, sortit le chèque :

– J'ai ceci à vous rendre. J'allais vous le renvoyer par la poste, mais puisque vous êtes là...

Sans un mot, il prit le chèque, le déchira, en jeta les morceaux dans une poubelle voisine. Puis il sourit à Gisèle.

– Pour me faire pardonner tout à fait, puis-je vous inviter à déjeuner ?

Gisèle jeta un coup d'œil à sa montre.

– Je n'ai pas beaucoup de temps. Il faut que je sois à la boutique à quatorze heures.

Il lui fit le même sourire, qu'elle trouva charmeur et auquel elle ne résista pas.

– Je vous laisserai partir à temps, ne craignez rien.

Moi aussi, je travaille ! Venez, je connais un petit restaurant sympa où l'on mange bien. Il y a même une terrasse où nous pourrons nous installer pour profiter du beau temps.

Elle le suivit tout en s'interrogeant. Qu'avait-il derrière la tête ? Serait-ce vraiment un simple déjeuner et rien d'autre ? Ou bien cherchait-il une aventure pour se venger de l'abandon de sa femme ?

– Voilà, nous y sommes. Prenez place, je vous prie.

Elle se retrouva assise face à lui, sous un parasol qui dispensait une ombre complice. Elle sentait pourtant le soleil lui chauffer le dos, et une douce langueur l'envahissait, un désir de se laisser vivre. Son compagnon lui proposait une cigarette, lui demandait si elle désirait un apéritif, lui versait à boire. Ces attentions lui étaient agréables. Il y avait si longtemps que Richard n'avait eu les mêmes !...

Elle l'écoutait bavarder tout en mangeant. Il s'appelait Jean-Marc, était représentant en informatique. Il avait une bonne situation, offrait à sa femme tout ce qu'elle désirait, mais, à cause de son métier, il n'était pas souvent à la maison. Ils avaient un petit garçon de cinq ans, Julien.

– Je ne comprends pas ce qui s'est passé. Nous étions heureux, tous les trois. Bien sûr, Cathy me reprochait mes nombreuses absences, elle se plaignait souvent d'être délaissée, mais je ne pensais pas qu'elle en souffrait à ce point. Avant-hier, une fois de plus, nous nous sommes disputés. Vous savez le reste... J'ai vraiment eu l'air idiot, quand je suis arrivé avec mon cadeau et que j'ai trouvé l'appartement vide... Et je ne sais même pas où elle est. Comment a-t-elle pu nous abandonner, Julien et moi ? Notre petit garçon ne comprend pas, il pleure et la réclame sans cesse. C'est pourquoi je me dis qu'elle est sans doute partie avec un autre homme. Toute seule, elle n'aurait pas fait ça.

Gisèle hocha la tête et regarda son compagnon avec une sympathie nouvelle. Lui aussi, il avait été abandonné, et lui aussi, il souffrait. Poussée par une impulsion irrésistible, elle se confia à son tour. Il l'écouta sans l'interrompre et, ensuite, posa une main sur la sienne, en une étreinte franche et chaleureuse :

– Puisque nous sommes tous les deux des laissés pour compte, que diriez-vous de nous rencontrer, de temps à autre, afin de nous aider à supporter notre solitude ?

Malgré elle, Gisèle se raidit. Que sous-entendait-il ?

– Je ne suis libre que le dimanche, dit-elle. Et ce jour-là, j'ai mes enfants. C'est le seul jour de la semaine où je peux les voir, termina-t-elle avec une douloureuse amertume.

Il eut de nouveau ce sourire qui la charmait :

– Qu'à cela ne tienne ! Nous serons tous ensemble. Moi, j'aurai Julien. Nos enfants feront connaissance.

Elle hésita, tentée mais encore réticente.

– Donnez-moi votre numéro de téléphone, insista-t-il. Je vous appellerai.

Elle s'exécuta en pensant que Joséphine et Olivier, s'ils rencontraient Jean-Marc, ne manqueraient pas d'en parler ensuite à leur père. Si cela pouvait le rendre jaloux, tant mieux.

Jean-Marc la raccompagna jusqu'à la boutique.

Lorsqu'il la quitta, pour la première fois depuis le départ de Richard et des enfants, la solitude de Gisèle lui parut moins pesante.

Le dimanche matin, le temps changea. Il se mit à pleuvoir, une pluie monotone et persistante qui semblait ne jamais vouloir cesser. Malgré le mauvais temps, Gisèle se sentait joyeuse. Aujourd'hui, elle ne serait pas seule. Outre Joséphine et Olivier qui, comme chaque dimanche, viendraient passer l'après-midi avec elle, il y aurait aussi Jean-Marc et son fils Julien. La veille, Jean-Marc avait téléphoné et avait proposé à Gisèle de l'emmener quelque part. Mais elle avait trouvé plus simple de l'inviter à partager leur repas.

Elle soigna particulièrement le menu, fit une charlotte et une salade de fruits pour le dessert. Lorsque les enfants arrivèrent, ils furent surpris de voir la table dressée pour cinq convives :

– Qui va venir, maman ?

Gisèle prit un air mystérieux :

– Un ami, avec son petit garçon. Je compte sur vous pour bien vous comporter.

– Qu'y a-t-il à manger ? demanda Olivier, gourmand.

Gisèle leur montra les coquilles de saumon, le lapin aux pruneaux qui cuisait doucement, la charlotte et la salade de fruits. Olivier battit des mains.

– Chic alors ! C'est bien meilleur ici que chez Nancy. Tu fais mieux la cuisine, maman. Nancy, elle, dit qu'elle n'a pas le temps.

– Vous êtes mal nourris ? s'inquiéta aussitôt Gisèle.

– Nous regrettons tes bons petits plats, avoua Joséphine. Le midi, nous mangeons à la cantine de l'école, et le soir, Nancy fait réchauffer à la dernière minute des plats surgelés.

– Et le sport ? Ça vous plaît toujours autant ?

Joséphine eut une moue désenchantée :

– Ça dépend... En danse classique, on nous fait faire des exercices de plus en plus difficiles, et je n'y arrive pas toujours. L'autre fois, je me suis tordu le pied, et j'ai boité pendant deux jours. Nancy m'a traitée de maladroite.

Olivier, lui, fit franchement la grimace :

– Elle veut nous faire faire du yoga. Il faut rester dans la même position et ne pas bouger pendant très longtemps. Ça me met des fourmis dans les jambes et partout, je ne peux pas m'empêcher de remuer, et Nancy se met en colère.

– Que dit votre père ? dit Gisèle en fronçant les sourcils.

Joséphine baissa la tête :

– Il dit que tout ça, c'est pour notre bien, et que nous devons faire un effort.

4

Un coup de sonnette empêcha Gisèle de répondre. Suivie par Joséphine et Olivier, elle alla ouvrir la porte. Jean-Marc souriait, tenant d'une main une boîte enrubannée, et de l'autre un petit garçon à l'air timide.

– Entrez, invita Gisèle en s'effaçant pour les laisser passer. Nous vous attendions. Tu es Julien, n'est-ce pas ? ajouta-t-elle en se penchant vers le petit garçon. Je suis très heureuse de te connaître.

Elle les débarrassa de leurs blousons, les conduisit dans le salon, ouvrit la boîte que lui tendait Jean-Marc. Joséphine et Olivier poussèrent un cri d'enthousiasme à la vue de son contenu : des chocolats.

Ils prirent l'apéritif, et tandis que Gisèle et Jean-Marc discutaient, les enfants emmenèrent Julien dans leur chambre. Olivier lui montra sa collection de petites voitures, ainsi que l'auto téléguidée qu'il avait eue pour son dernier anniversaire et dont il était très fier. Ils sympathisèrent rapidement, et très vite ils eurent l'impression de se connaître depuis toujours.

Le repas se déroula dans une ambiance agréable. Les enfants firent honneur à tous les plats, et Jean-Marc félicita Gisèle de la succulence des mets.

– Vous avez toutes les qualités, dit-il, y compris celle d'être un cordon bleu. C'est bien la première fois que je vois Julien manger avec autant d'appétit depuis que...

Il se mordit les lèvres, s'arrêta brusquement. Gisèle comprit qu'il faisait allusion au départ de sa femme. Elle considéra avec pitié le pâle petit visage de Julien. Sans aucun doute, le fait que sa mère soit partie brutalement perturbait l'enfant. Elle soupira, changea de conversation. Elle refusait à la tristesse de venir gâcher cette sympathique journée.

Après le repas, comme la pluie ne cessait pas, ils allèrent au cinéma. Dans la salle obscure, Gisèle, assise entre Jean-Marc et les trois enfants, se dit que, pour les autres, ils représentaient sans aucun doute une famille normale. Elle suivit d'un œil distrait les péripéties du dessin animé qui captivait les enfants. Elle s'interrogeait. Devait-elle continuer à espérer le retour de Richard et attendre, ou bien, au contraire, devait-elle envisager une vie nouvelle, avec un autre homme qui entrerait dans sa vie, comme Jean-Marc par exemple ? Elle pensa qu'il était encore trop tôt pour répondre à une telle question.

Après la séance, Jean-Marc proposa aux enfants de les emmener goûter dans un salon de thé. Cette invitation reçut de leur part un accord enthousiaste. Pendant que Gisèle se contentait d'un simple thé citron, ils se gavèrent tous les trois d'un énorme chou à la crème accompagné d'un verre de lait.

– Je me demande comment ils trouvent encore le

moyen d'avaler ça après le repas qu'ils ont fait ce midi, confia-t-elle à Jean-Marc.

Celui-ci mit une main sur la sienne, de ce geste cordial qui lui plaisait et la troublait tout à la fois :

– Regardez-les, ils sont heureux, tout simplement. Je ne reconnais pas mon Julien. Je devais me battre avec lui chaque soir pour qu'il accepte de manger. Merci, Gisèle, pour cette journée. Elle lui a fait un bien énorme. Et à moi aussi.

Ils revinrent à pied jusqu'à l'appartement, profitant d'une brève accalmie. La pluie avait cessé, un timide rayon de soleil tentait de percer les nuages. Les feuilles des arbres, agitées par un vent léger, éparpillaient sur les promeneurs leurs dernières gouttes. Gisèle et Jean-Marc marchaient lentement tandis que les enfants, autour d'eux, se poursuivaient en riant. La promenade était si agréable qu'ils firent un détour par le jardin public. Lorsqu'ils arrivèrent devant l'immeuble où habitait Gisèle, celle-ci sentit son cœur faire un bond dans sa poitrine : là, dans la rue, en double file, il y avait la voiture de Richard. Et, debout à côté d'elle, appuyé à la portière, Richard, les bras croisés, la tête levée vers l'appartement, montrait visiblement des signes d'impatience.

En même temps qu'elle, Joséphine et Olivier l'avaient aperçu. Ils s'élancèrent en courant et en criant :

– Papa ! Papa ! Nous voilà !

Richard regarda leur visage rouge et excité, consulta ostensiblement sa montre :

– Ça fait bientôt une demi-heure que je vous attends. Je suis même monté à l'appartement, et il n'y avait personne. Où étiez-vous donc ?

Les enfants se retournèrent vers Gisèle, qui arrivait accompagnée de Jean-Marc et de Julien.

– Nous sommes allés au cinéma, n'est-ce pas, maman ?

Les yeux de Richard se posèrent sur sa femme et s'arrondirent de stupéfaction. Était-ce bien elle ? Elle avait les cheveux plus blonds, plus souples et plus gonflants, elle portait une jupe fleurie et une veste qu'il ne lui connaissait pas ; et puis, surtout, elle était redevenue aussi mince et aussi gracieuse que la jeune fille qu'il avait rencontrée et dont il était tombé amoureux. Il la regarda mieux. Elle avançait, souriante, aux côtés d'un homme qu'il n'avait jamais vu. Sans s'en rendre compte, Richard fronça les sourcils. Qui était-il, celui-là ?

– Je suis désolée, dit Gisèle, essayant de cacher sous un calme apparent le fait que son cœur battait violemment. Nous n'avons pas vu passer le temps. Nous n'aurions pas cru qu'il était déjà dix-huit heures.

Richard jeta un coup d'œil furieux à l'homme qui restait discrètement en retrait, retenant près de lui un petit garçon brun. Il ouvrit la portière arrière de sa voiture :

– Et moi, pendant ce temps-là, je fais le pied de

grue, bougonna-t-il. Allez, montez, j'ai assez attendu, ordonna-t-il à ses enfants.

Joséphine et Olivier eurent à peine le temps d'embrasser Gisèle, poussés par leur père à l'intérieur de la voiture. Celui-ci claqua violemment la portière, monta à son tour, démarra en trombe. Il se mit à conduire si nerveusement qu'il faillit renverser une vieille dame qui s'engageait sur un passage pour piétons. Il freina rageusement, l'évita de justesse. Il était trop en colère pour interroger les enfants, mais il saurait qui était cet homme. L'image de Gisèle à ses côtés, souriante et épanouie, ne le quittait pas. Peut-être ne m'aime-t-elle plus, se dit-il, et peut-être cherche-t-elle à refaire sa vie ? Cette pensée lui fut insupportable et le mit de mauvaise humeur pour la soirée.

Gisèle, de son côté, avait regardé la voiture s'éloigner, les larmes aux yeux. Depuis que Richard était parti, c'était la première fois qu'elle le revoyait. Et cette rencontre était un échec. Richard s'était montré à peine poli, et s'était enfui comme s'il ne pouvait plus supporter sa présence. Elle se tourna vers Jean-Marc, désemparée.

– C'est votre mari, n'est-ce pas ?

Elle fit un signe d'assentiment. Avec un sourire ironique, Jean-Marc continua :

– Il n'a pas paru spécialement ravi de me voir auprès de vous. Je gagerais qu'il est jaloux.

Gisèle leva vers lui des yeux surpris :

– Vous croyez ?

– J'en ai bien l'impression, oui. Peut-être vous aime-t-il encore ? Je ne sais pas qui est cette Nancy dont vous m'avez parlé, mais je ne peux pas comprendre comment il a pu vous quitter. Moi, à sa place...

Il se tut, la fixa de ses yeux graves. Gisèle eut un faible sourire :

– Merci de me dire ça, Jean-Marc. Mais ça ne change rien à la situation, malheureusement.

Jean-Marc secoua la tête avec énergie :

– Écoutez, il ne faut pas que cette rencontre gâche notre agréable après-midi. Que diriez-vous si je vous invitais à dîner ?

Gisèle se sentit soudain sans élan, comme un ressort brisé.

– C'est gentil de votre part, mais c'est non. Regardez Julien, il est fatigué. Vous devriez le coucher tôt ce soir.

Jean-Marc se pencha sur son fils, qui se frottait les yeux en bâillant.

– Oui, c'est vrai. Je veux bien suivre votre conseil, mais ce n'est que partie remise, n'est-ce pas ? Nous nous reverrons ?

Gisèle acquiesça, lasse soudain. Jean-Marc n'insista pas. Il la remercia encore et s'éloigna, tenant Julien par la main. Elle l'observa un instant, puis se détourna et entra dans l'immeuble. Elle se sentait mécontente d'elle-même. Le fait d'avoir revu Richard avait bouleversé l'équilibre qu'elle avait réussi à atteindre. Elle comprenait qu'elle tenait toujours à lui. Les paroles de Jean-Marc lui revinrent en mémoire. « Il est jaloux », avait-il supposé. Si seulement cela pouvait être vrai ! Cela laissait à Gisèle un faible espoir, auquel elle voulait s'accrocher.

Le mois de mai s'avançait, offrait des journées splendides, un ciel bleu immuable. Il faisait beau. Cet après-midi-là, les fenêtres de la salle de classe étaient grandes ouvertes sur la cour de l'école, tandis que les élèves, engourdis par la chaleur, écoutaient d'une oreille distraite la leçon de géographie. Un rayon de soleil tombait sur Joséphine, qui clignait des yeux et luttait contre le sommeil. Le matin même, comme tous les matins, Nancy les avait réveillés une heure plus tôt, Olivier et elle, afin qu'ils fassent leur jogging avant d'aller à l'école. Il y avait aussi les cours de danse le soir, de yoga, de natation, de gymnastique, de tennis le mercredi, et peu à peu Joséphine arrivait à saturation. Ce qui, au début, avait paru amusant devenait une corvée, d'autant plus que Joséphine, comme sa mère, n'aimait pas se lever tôt. Pour la troisième fois, elle bâilla longuement.

– Joséphine, répète ce que je viens de dire.

La petite fille sursauta. Debout devant le tableau, Mlle Roux, l'institutrice, la fixait avec réprobation.

– Alors, Joséphine ? J'attends.

Joséphine regarda autour d'elle, se troubla. Mlle Roux fronça les sourcils :

– Tu n'écoutais pas, n'est-ce pas ? Cela fait trois fois cette semaine que je te prends en défaut d'inattention, toi qui avant étais une bonne élève. Que se passe-t-il, Joséphine ? Tu travailles de moins en moins bien, tes devoirs sont bâclés, tu n'apprends plus tes leçons. Tu diras à tes parents que j'aimerais les rencontrer. Ton père ou ta mère. Que l'un des deux vienne me voir. Tu as bien compris ?

Les joues brûlantes de confusion, Joséphine acquiesça. Elle fut soulagée de voir sa maîtresse se détourner d'elle et continuer la leçon. Elle se força à écouter. Mais comme c'était difficile avec cette envie de dormir qui ne la quittait pas !

Le soir même, elle se décida à en parler, pendant le repas. Après plusieurs hésitations, elle se lança courageusement :

– Papa, dit-elle, Mlle Roux a dit qu'elle voudrait te voir.

Richard releva la tête et regarda sa fille, indécis :

– Mlle Roux ? Qui est-ce ?

– C'est ma maîtresse d'école. Tu sais bien, papa, je t'en ai déjà parlé.

– Et pourquoi veut-elle me voir ?

– Euh... Elle dit que mes notes sont moins bonnes

et qu'elle voudrait en discuter avec toi ou avec maman.

Richard fit un geste désinvolte :

– Alors parles-en à ta mère. C'est toujours elle qui s'occupe de ce genre de problèmes. Elle ira.

Pour clore le problème, il se remit à manger. Il se sentait mécontent de lui-même depuis qu'il avait revu Gisèle. En même temps, il commençait à se rendre compte que les enfants, avec Nancy, étaient plus ou moins livrés à eux-mêmes. Nancy ne s'occupait d'eux que pour leur faire faire du sport. C'était sa passion, et cette passion, elle voulait la faire partager aux autres. Quant au reste, il passait à l'arrière-plan. Sans rien dire, Richard jeta un coup d'œil à la jeune femme qui, près de lui, mangeait son yaourt avec un détachement que rien ne semblait devoir altérer. Pour la première fois, il se rendit compte que l'espèce de coup de foudre qui les avait poussés l'un vers l'autre avait également désorganisé la vie des enfants, et sans aucun doute les avait perturbés. Il regarda de nouveau Nancy. Elle lui plaisait toujours autant, et il songea qu'il était toujours amoureux d'elle. Lorsqu'il était venu vivre avec elle, il avait cru sincèrement qu'il n'aimait plus sa femme. Mais, depuis ce dimanche où il l'avait revue en compagnie d'un autre, il en était beaucoup moins sûr. Il avait l'impression de ne plus savoir démêler ses sentiments, et cela le mettait mal à l'aise.

5

Pour Joséphine, ce problème fut le début d'une prise de conscience. Elle s'aperçut subitement qu'elle était beaucoup plus heureuse lorsqu'elle vivait avec sa mère qui s'occupait d'elle, l'aidait dans son travail scolaire et ne l'obligeait pas à faire sans cesse du sport ou à nettoyer l'appartement sous prétexte qu'elle n'avait pas le temps. Après l'enthousiasme du début et l'euphorie apportée par un changement de vie qui avait paru agréable, la petite fille déchantait. Mais elle n'osait pas parler de ce désenchantement, car son père et son frère paraissaient toujours aussi satisfaits de l'existence qu'ils menaient. Alors elle se taisait et enfouissait au fond d'elle-même son insatisfaction.

Simplement, le dimanche, chaque fois qu'elle retrouvait sa mère, elle laissait échapper des remarques qui ne trompaient pas Gisèle :

– Comme c'est bon, maman, ce que tu prépares ! Nous ne faisons jamais d'aussi bons repas avec Nancy !

Ou bien :

– Hier, après la séance de gymnastique, je ne me sentais pas bien. J'avais mal au ventre. Nancy m'a traitée de mauviette. Toi, maman, tu m'aurais soignée.

Ou bien encore, elle parlait de leurs conditions de

vie, pour dire qu'elle regrettait sa chambre individuelle :

– Chez Nancy, il n'y a que deux chambres. Alors je dors avec Olivier. Ça ne va pas bien.

Gisèle ne disait rien, heureuse de voir que sa fille semblait vouloir lui revenir. Elle avait rencontré, un lundi à midi, Mlle Roux, qui lui avait dit :

– Il y a en ce moment un relâchement dans le travail de Joséphine qui me désole beaucoup. Si elle veut demeurer la bonne élève qu'elle est actuellement, il faut qu'elle réagisse sans tarder, d'autant plus qu'elle va entrer en sixième à la rentrée prochaine.

Gisèle, mortifiée, n'avait pas osé expliquer sa situation de femme abandonnée à la fois par son mari et par ses enfants. Elle avait promis qu'elle parlerait à Joséphine, et elle l'avait fait. La petite fille, de son côté, s'était engagée à faire un effort.

Un espoir, lentement, montait en Gisèle. Si Joséphine commençait à montrer des signes de lassitude, qui sait si Olivier, bientôt, n'en ferait pas autant, et aussi Richard, pourquoi pas ? Elle n'osait pas se faire trop d'illusions, mais elle devait s'avouer que cette situation provisoire qui s'éternisait lui pesait davantage chaque jour. Heureusement, il y avait Jean-Marc et son petit Julien qui, chaque dimanche, venaient lui tenir compagnie en même temps que Joséphine et Olivier. Les trois enfants s'entendaient bien entre eux ; quant à Gisèle et Jean-Marc, d'un commun accord ils évitaient d'aborder le sujet qui leur tenait à cœur, à l'un comme à l'autre. Lorsqu'ils étaient ensemble, c'était pour se détendre, et cet intermède, dans leur vie qui avait été bouleversée, leur faisait du bien.

Un soir de la semaine suivante, Nancy s'écria joyeusement, avec l'air réjoui de quelqu'un qui annonce une bonne nouvelle :

– Savez-vous ce que j'ai décidé ? À partir de maintenant, je vais faire une cuisine diététique. À quoi bon faire du sport si, d'un autre côté, nous nous nourrissons n'importe comment ?

Elle se tourna vers Richard qui, surpris, ne disait rien.

– Je pense que tu seras d'accord. Il nous faut une vie saine, basée sur une alimentation équilibrée. Il faut également que les enfants cessent de se bourrer de sucreries et de bonbons comme ils le font sans cesse. C'est très mauvais pour eux. Donc, dès demain, nouveaux menus. Cela nous changera agréablement et sera bénéfique pour notre santé.

Joséphine et Olivier se regardèrent avec méfiance. L'allusion aux bonbons et aux chocolats qu'ils mangeaient ne leur avait pas plu. Il était vrai qu'en sortant d'un cours de sport ils avaient faim et achetaient des biscuits ou des barres chocolatées à grignoter. Nancy prévoyait-elle de les en empêcher ? Et leur père qui ne disait rien ! Joséphine lança vers Richard un regard chargé de rancune.

Les deux enfants se couchèrent ce soir-là en se demandant ce que signifiait cette décision. L'explication leur en fut donnée dès le lendemain matin, lorsqu'ils voulurent prendre leur petit déjeuner habituel : chocolat chaud et tartines beurrées. Les bols étaient bien là, mais ils étaient remplis d'une infusion verdâtre et inconnue. Quant aux tartines beurrées, elles étaient remplacées par des galettes grises que Joséphine jugea rébarbatives.

– Qu'est-ce que c'est que ça ? demanda-t-elle en fronçant son petit nez d'un air dégoûté.

Nancy, qui s'affairait dans la cuisine, répondit d'un ton enjoué :

– Ce sont des galettes de sarrazin et des infusions de romarin. C'est excellent pour la santé.

Olivier se pencha au-dessus de son bol, renifla avec suspicion. Il fut obligé de convenir, au fond de lui, que ça sentait bon, mais ça n'avait rien à voir avec le chocolat onctueux qu'il avait l'habitude de boire chaque matin. Il prit une galette, la cassa, en mâcha un morceau. Elle avait un goût qu'il trouva à la fois insipide et désagréable. Il protesta d'un air boudeur :

– Je n'aime pas. Est-ce que je peux avoir du chocolat et des tartines ?

Richard, qui s'efforçait de boire son infusion à la

place de la tasse de café qu'il appréciait chaque matin, regarda son fils et fronça les sourcils :

– Olivier, on ne te demande pas d'aimer ou de ne pas aimer. Tu manges ce qu'on te donne, un point c'est tout. Compris ?

Olivier devint rouge et baissa la tête. Joséphine, sans rien dire, s'obligeait à avaler une galette. Olivier émietta la sienne et se contenta de vider son bol dont le contenu, sucré avec du miel, n'était finalement pas si mauvais. Richard, voyant la galette émiettée, voulut faire preuve d'autorité :

– Olivier, fais-moi le plaisir de manger ça.

Nancy intervint :

– Laisse-le, Richard, je comprends qu'il soit désorienté. C'est nouveau pour lui. Il s'y habituera, surtout s'il n'a rien d'autre à manger.

Olivier partit à l'école en boudant. Pour la première fois depuis qu'il était chez Nancy, il était mécontent. Une colère lui venait envers la jeune femme. Elle exagérait. Elle avait même empêché Richard de donner à ses enfants les quelques francs avec lesquels, chaque soir à la sortie de l'école, ils s'achetaient friandises et chewing-gums.

– Il ne faut plus manger n'importe quoi, avait-elle déclaré avec importance. Il existe de très bonnes barres diététiques, pleines d'énergie et de vitamines. Je vous en donnerai.

Le petit garçon resta maussade toute la semaine. Le

dimanche, lorsqu'il retrouva Gisèle, la première chose qu'il dit fut :

– Maman, cet après-midi, pourrons-nous acheter des glaces et des chewing-gums ? Nancy ne veut plus que j'en mange.

Gisèle, étonnée, demanda des explications. Les deux enfants, en même temps, racontèrent la nouvelle décision de Nancy et leur désaccord. De leurs propos désordonnés, Gisèle conclut que ses enfants étaient privés de ce qu'ils aimaient et qu'ils avaient faim.

– Et votre père ? demanda-t-elle avec indignation. Il accepte ça sans protester ?

Joséphine hocha la tête avec ressentiment :

– Oui. Il dit comme Nancy que c'est pour notre bien.

Gisèle regarda Jean-Marc, qui écoutait silencieusement. Celui-ci toussota, embarrassé :

– Il est vrai que des menus équilibrés sont excellents pour la santé, dit-il. Seulement...

– Ah ! non, Jean-Marc, pas vous ! coupa Gisèle avec aigreur. Ne faites pas comme Richard, qui approuve tout ce que fait Nancy !

– Je ne l'approuve pas, reprit Jean-Marc posément. Je trouve au contraire qu'elle devrait prendre conscience qu'elle s'adresse à des enfants, et ne pas les mettre brutalement devant un tel changement. Leur supprimer glaces et bonbons ne peut que leur déplaire, bien évidemment.

– En tout cas, dit Gisèle en se levant, aujourd'hui vous aurez un repas copieux, et de la mousse au chocolat pour le dessert. À table !

Ils firent honneur au déjeuner, et se gavèrent de bonbons au cours de leur promenade l'après-midi. Olivier mangea glaces, chocolats, chewing-gums. Gisèle qui, en tout autre occasion, aurait mis le holà à une telle exagération, pour une fois ne disait rien. C'était comme une revanche qu'elle prenait envers cette Nancy qui, non contente de faire faire à ses propres enfants toutes sortes de sports, prétendait maintenant régenter leur alimentation à sa façon. Elle se sentait agressée dans sa fibre maternelle. Mais, d'un autre côté, cette situation pouvait avoir un côté positif. Mécontents et déçus, les enfants éprouveraient peut-être le désir de revenir. Gisèle se retint, tout l'après-midi, de leur poser la question. S'ils revenaient vivre avec elle, elle voulait qu'ils en prennent eux-mêmes la décision.

Lorsque ses enfants s'en allèrent, ce soir-là, elle leur donna à chacun un peu d'argent :

– Tenez, leur dit-elle. Ce sera pour vous acheter ce que vous désirez, en sortant de l'école ou après le sport.

Olivier lui sauta au cou, et Joséphine l'embrassa avec gratitude. Gisèle les serra contre elle avec élan. Pendant un bref instant, elle eut l'impression qu'ils étaient tous les trois complices et unis contre la rivale qui lui avait pris son mari et désorganisé leur existence.

Joséphine, mieux qu'Olivier, s'adapta aux repas diététiques. Le petit garçon, quant à lui, continuait à faire grise mine. Chaque matin au petit déjeuner, et chaque soir au repas, il mangeait du bout des dents. Heureusement, il s'arrangeait pour acheter, sur le chemin de l'école, des friandises avec l'argent que lui remettait Gisèle le dimanche. Et, chaque fois qu'il en avait l'occasion, il en profitait pour manger plus qu'il ne pouvait avaler.

Un mercredi après-midi, son ami Bertrand l'invita à un goûter d'anniversaire. Les yeux d'Olivier brillèrent de gourmandise lorsqu'il vit qu'un buffet avait été préparé, dans le fond de la pièce, avec toutes sortes de jus de fruits et de pâtisseries, notamment d'énormes choux à la crème. Les enfants, une dizaine environ, passèrent l'après-midi à jouer, à boire et manger, Olivier plus encore que les autres. Puisque Nancy n'était pas là pour interdire, autant en profiter ! Lorsque la maman de Bertrand apporta le gâteau d'anniversaire orné de huit bougies, ce fut Olivier seul qui en reprit plusieurs fois. Ce gâteau était tellement délicieux, moelleux avec plusieurs couches de crème et garni de chantilly ! Quel contraste avec les biscuits secs à base de céréales que leur donnait Nancy, et auxquels Olivier trouvait un goût de plâtre ! Comme un affamé, il se jeta également sur la glace au chocolat qui terminait le goûter.

Ce soir-là, au dîner, il fut incapable d'avaler quoi que ce soit. Il se sentait barbouillé, mal à l'aise. Lorsqu'il alla se coucher, il avait l'estomac lourd ; des nausées menaçantes lui donnaient des haut-le-cœur qu'il s'efforçait vainement de réprimer.

Il fut malade toute la nuit. À plusieurs reprises, il n'eut que le temps de courir aux toilettes pour vomir. Ses allées et venues réveillèrent Joséphine, puis Richard, et pour finir Nancy. Celle-ci se leva et, furieuse, gronda Olivier, lui reprochant violemment sa gourmandise.

– S'il y a encore un goûter d'anniversaire, conclut-elle, tu n'iras plus, puisque tu ne sais pas être raisonnable.

Le petit garçon, tout pâle et parcouru de frissons, ne répliqua pas. Ce fut Joséphine qui le recoucha et lui prépara un verre d'eau, dans lequel elle fit fondre des granulés de bétaïne, remède que Gisèle utilisait toujours lorsque l'un d'eux avait une indigestion.

6

Cette mésaventure n'assagit pourtant pas le petit garçon. Dès qu'il se sentit mieux, il recommença à acheter des bonbons, et à manger jusqu'à saturation les desserts que Gisèle préparait chaque dimanche. Joséphine, moins gourmande, souffrait moins du manque de friandises. Mais ce qui l'ennuyait de plus en plus, c'étaient les séances de sport. Danse classique, yoga, gymnastique féminine, tennis... Toujours les mêmes qui revenaient, et qui finissaient par devenir lassantes. Elle avait essayé, timidement, d'élever des objections, mais Nancy s'était montrée intraitable :

– Pas question d'arrêter ce que tu as commencé. Tu perdrais tous les progrès que tu as faits jusqu'ici et tous les avantages que tu as acquis.

Le mardi, après l'école, avait lieu le cours de gymnastique féminine. Nancy venait chercher Joséphine à la sortie des classes et l'emmenait aussitôt. Cet après-midi-là, la petite fille tenta de protester :

– Est-ce que je pourrais ne pas y aller, Nancy ? Juste cette fois-ci. Je ne me sens pas bien.

Nancy eut un geste de dénégation énergique :

– Non, Joséphine, je te l'ai déjà dit. Il me semble que tu deviens paresseuse, ces temps-ci. Il faut te secouer.

Joséphine serra les lèvres et ne dit plus rien. Pendant toute la séance, elle resta renfrognée et se prêta aux exercices de mauvais gré. À un moment, elle se tordit le pied, et la douleur fut si vive qu'elle tomba.

– Eh bien, Joséphine, que fais-tu ? gronda Nancy. Relève-toi vite, voyons.

Avec impatience, elle remit l'enfant debout, mais dès que celle-ci voulut poser le pied par terre, la douleur fulgurante qui lui traversa la cheville l'en empêcha.

– Tu as réussi à te faire une entorse, constata Nancy avec colère. Quelle incapable tu es, quand même ! Appuie-toi sur moi, nous allons rentrer.

Elles quittèrent le cours, et si Joséphine n'avait pas eu si mal, elle aurait été contente de partir avant la fin de la séance. Mais l'incident avait mis Nancy de mauvaise humeur. Pendant tout le trajet du retour, et encore après, dans l'appartement, elle ne fit que vitupérer contre la maladresse de Joséphine. Lorsque Richard rentra, sa colère n'était toujours pas calmée. Mis au courant, ce dernier observa la cheville de sa fille, qui gonflait de façon spectaculaire.

– Ça te fait mal ? demanda-t-il à Joséphine, immobilisée dans un fauteuil.

– Oui, papa, dit la petite fille d'une voix tremblante, les larmes aux yeux.

Le visage sévère, Richard se tourna vers Nancy :

– Elle a une belle entorse, remarqua-t-il. Il faut appeler le médecin.

Nancy haussa les épaules d'un air dédaigneux :

– Pas pour si peu. Ça m'est arrivé bien souvent, et je n'en suis pas morte. Il suffit de bander la cheville. Dans quelques jours, il n'y paraîtra plus.

Richard regarda la jeune femme comme s'il la découvrait :

– Tu es trop dure, Nancy, et trop exigeante. Le sport est ta passion, d'accord, mais ce n'est pas une raison pour en submerger mes enfants, et leur demander plus qu'ils ne peuvent en faire. Laisse-moi te dire que...

– Rien du tout, coupa Nancy avec une expression outragée. Je ne veux rien entendre. On ne va pas faire toute une histoire pour une petite entorse de rien du tout. Si ta fille n'était pas si maladroite, cela n'arriverait pas.

Sur ces mots péremptoires, pour bien montrer que la discussion était close, elle sortit de la pièce et alla s'enfermer dans la cuisine. Ce fut Richard qui dut badigeonner la cheville de Joséphine avec une pommade et la bander étroitement.

Ce même soir, dans la chambre qu'ils partageaient tous les deux, Olivier chuchota :

– Joséphine ? Tu n'en as pas marre d'être ici ? Moi, je voudrais bien retourner chez maman. Qu'en penses-tu ?

La petite fille, que la douleur lancinante de sa cheville mettait au bord des larmes, fut immédiatement d'accord avec cette proposition qui allait tout à fait dans le sens de ses désirs.

– Moi aussi, j'aimerais bien, soupira-t-elle. Nous lui en parlerons dimanche.

Le vendredi de cette même semaine, en sortant de l'école, Olivier s'aperçut qu'il avait dépensé tout l'argent que lui avait donné Gisèle le dimanche précédent. Il pensa qu'il ne pourrait pas s'offrir la barre chocolatée qu'il achetait tous les soirs. Il en fut contrarié. Il fouilla toutes ses poches, dans l'espoir d'y retrouver un peu d'argent, mais il n'y restait pas la moindre pièce. Son copain Martin, qui marchait à ses côtés, finit par le regarder d'un air intrigué :

– Qu'est-ce que tu cherches ? Tu as perdu quelque chose ?

Le visage sombre, Olivier expliqua son problème. Martin haussa les épaules :

– Ne t'en fais pas pour ça. J'ai la solution, moi.

Olivier lui jeta un coup d'œil plein d'espoir :

– Tu vas me prêter de l'argent ?

Martin se mit à rire :

– Non. De l'argent, je n'en ai pas. Mais même sans argent, on peut se débrouiller. Moi, en tout cas, c'est ce que je fais. Tu veux que je te montre ?

– Que veux-tu dire ? interrogea Olivier sans comprendre.

– Que tu es bête, toi alors ! lança Martin d'un ton supérieur. Ce que je ne peux pas acheter, je le vole, tout simplement. C'est clair, non !

– Oh ! fit Olivier, à la fois effaré et suffoqué.

– C'est très facile, continua Martin. Viens avec moi. Je vais te montrer comment je fais. Si ça te dit, tu pourras m'imiter. Et tu l'auras quand même, ta barre de chocolat.

Tenté, Olivier se laissa entraîner jusqu'au supermarché le plus proche. Devant le rayon réservé à la confiserie, Martin, sans s'arrêter, expliqua :

– Tu vois, il y a le choix. Si tu sais ce que tu veux, tu le prends très vite, et tu repars sans te presser, en faisant même le tour des autres rayons. Regarde-moi.

Ils passèrent une nouvelle fois devant les bonbons. Martin se colla contre le rayon, et d'un geste si rapide qu'Olivier l'aperçut à peine, il s'empara d'une plaque de chocolat qu'il glissa aussitôt dans sa poche. Puis, l'air détaché, il déambula dans les autres allées avant de gagner calmement la sortie. Sur le trottoir, il dit à Olivier sidéré :

– Tu as vu comme c'est facile ? À toi, maintenant. Vas-y. Je t'attends ici.

Olivier obéit. Il rentra de nouveau dans le supermarché, se dirigea vers le rayon confiserie en se forçant à prendre un allure décontractée. Mais il sentait sa gorge se serrer, et son cœur se mettait à battre si violemment qu'il avait l'impression que tout le monde allait l'entendre. Il passa devant le rayon, louchant sur la barre de chocolat qu'il convoitait. Il repassa sans pouvoir se décider à la prendre. Il fit ce manège plusieurs fois de suite, et finalement s'arrêta, le visage rouge. Il lança un coup d'œil furtif à droite, puis à gauche, d'une main tremblante s'empara de la barre et l'enfouit dans la poche de son blouson. Puis, les joues écarlates et la tête baissée, il se dirigea à pas pressés vers la sortie. La sueur lui mouillait le dos et il voyait la porte à travers un brouillard. Alors qu'il s'en approchait et qu'il commençait à respirer, il sentit une main s'abattre sur son épaule tandis qu'une voix rude intimait :

– Toi, mon garçon, tu vas venir avec moi.

Affolé, Olivier leva les yeux. Un homme le regardait avec sévérité, et il le maintenait avec tant de force qu'il était inutile de tenter de s'enfuir.

– Allons dans mon bureau, dit l'homme. Nous allons discuter un peu.

Il emmena Olivier dans une pièce dont il ferma soigneusement la porte. Il s'y adossa, lâcha Olivier, croisa les bras et dit avec autorité :

– Montre-moi, maintenant, ce que tu as dans ta poche.

En un éclair, Olivia pensa que cet homme était l'un des inspecteurs du magasin, et qu'il l'avait aperçu tandis qu'il volait le chocolat. Il ne songea pas à nier. D'un air coupable, il sortit la barre de sa poche.

L'inspecteur la prit et demanda d'une voix basse et sévère :

– Sais-tu ce qu'on fait aux voleurs ? On les met en prison. Et c'est là que tu vas te retrouver, figure-toi, si tu continues à agir comme tu viens de le faire. Ça te plairait ?

Il se pencha sur Olivier en roulant de gros yeux menaçants. Le petit garçon, terrifié, se mit à pleurer.

Richard s'apprêtait à quitter son bureau lorsque le téléphone sonna. Il décrocha et crut d'abord qu'il s'agissait d'une erreur. Puis il écouta, les sourcils froncés, les explications de son interlocuteur. D'une voix brève, il répliqua :

– J'arrive.

Et il raccrocha d'un geste sec. En lui se mêlaient colère, indignation, incompréhension, stupeur. D'après ce qu'il venait d'entendre, le doute n'était pas permis, et pourtant il ne parvenait pas à y croire. L'homme qui venait de l'appeler semblait affirmer qu'Olivier, son propre fils, avait été surpris alors qu'il volait du chocolat dans un supermarché. Olivier, un voleur ? Richard sentait ses cheveux se hérisser. Lui dont chaque année, le directeur louait la probité et la conscience professionnelle... Il n'était pas possible qu'Olivier pût se comporter ainsi. Que s'était-il passé ?... Richard fit le trajet rapidement, conduisant avec des gestes nerveux et furieux. Au supermarché, on l'introduisit dans un bureau. La scène qui s'offrait à lui lui donna un coup au cœur. Un homme se tenait debout, les bras croisés et l'air sévère. Devant lui, Olivier, la tête basse dans une attitude de coupable, avait le visage rouge et les yeux gonflés d'avoir pleuré. Dès qu'il vit entrer son père, il se précipita et s'agrippa à lui en sanglotant.

– Papa, hoqueta-t-il. Papa !

Richard maintint son fils contre lui et soutint le regard l'inspecteur.

– Que s'est-il passé ? Il faut tirer cette affaire au clair. Je tiens à tout savoir.

L'inspecteur s'éclaircit la voix :

– Comme je vous l'ai dit au téléphone, il y a quelques instants, j'ai surpris cet enfant – votre fils – en train de voler une barre de chocolat, qu'il a dissimulée dans sa poche. Je l'ai arrêté alors qu'il allait quitter le magasin, sans payer évidemment.

Richard se sentit la gorge sèche. Il repoussa Olivier, l'observa avec réprobation.

– Olivier, qu'as-tu à répondre à ça ?

Le petit garçon baissa la tête et se remit à pleurer. Richard, sans pitié, le secoua :

– Tu ne résoudras rien en pleurnichant. Tu vas nous dire pourquoi tu as agi de cette façon. Allez, vite ! J'attends.

Olivia ravala un sanglot et fit un effort visible pour parler. Il se lança en bredouillant dans une explication confuse que Richard écouta en essayant de comprendre. Finalement, le petit garçon se tut et leva des yeux apeurés vers son père. Richard soupira.

– Si je comprends bien, tu n'avais pas d'argent, et comme Nancy te prive de bonbons, tu as volé une barre pour ton goûter. C'est ça ?

Olivier acquiesça d'un air malheureux. Richard se tourna vers l'inspecteur, qui ne disait rien, et déclara avec accablement :

– Il est coupable, cela ne fait aucun doute. Il sera puni. Pour ce qui est du préjudice porté à votre magasin, veuillez nous dire quelles sont les sanctions prévues.

– Tout dépend du nombre de vols. Y a-t-il eu des précédents ?

– Réponds, Olivier, ordonna Richard, et au point où tu es, ne mens pas. As-tu déjà volé auparavant ?

Le petit garçon sursauta et eut un cri spontané :

– Oh non, non ! Seulement aujourd'hui, papa. C'est vrai, il faut me croire !

– Je pense qu'il dit la vérité, dit Richard à l'inspecteur. C'est mon fils, je le connais, il n'est ni menteur ni voleur. Je ne comprends pas comment il a pu agir ainsi.

L'inspecteur se gratta le menton, hocha la tête :

– Je veux bien croire que voler n'est pas dans ses

habitudes. Je l'ai vu faire, il s'y prenait très mal. Il hésitait, regardait de tous côtés. C'est sa façon de faire, d'ailleurs, qui m'a alerté. Les gamins délurés auxquels nous faisons la chasse sont plus rapides, et surtout n'ont pas une attitude de coupable.

Il baissa les yeux sur Olivier, qui l'observait avec crainte. Une expression de pitié adoucit son regard :

– Je pense que tu n'es pas un méchant garçon. Si tu me promets de ne pas recommencer, pour cette fois j'accepte de passer l'éponge. Mais attention, si jamais je te reprends à voler, là, je serai sans pitié. Es-tu bien d'accord ?

Comme Olivier, interdit, n'osait pas répondre, Richard insista :

– Tu promets de ne jamais recommencer, Olivier ?

– Oh ! oui, papa, je promets ! Je ne le ferai plus jamais, c'est juré ! J'ai eu trop peur !

Richard s'adressa à l'inspecteur :

– Là aussi, je pense qu'on peut le croire.

– Je veux bien me montrer tolérant, et considérer le geste de votre fils comme une erreur qui ne se reproduira pas.

Richard tendit la main avec gratitude :

– Merci.

Olivier leva vers son père des yeux incrédules que l'espoir et le soulagement peuplaient d'étincelles :

– Ça veut dire que... je ne vais pas aller en prison ? Dis, papa, c'est vrai ? Je ne vais pas aller en prison ?

– Remercie ce monsieur, dit Richard. Il veut bien te faire confiance.

– Merci, Monsieur, dit Olivier avec un sourire tremblant.

– Mais attention ! déclara l'inspecteur. C'est bon pour une fois, je le répète. Si tu recommences, ça se terminera beaucoup plus mal.

– Je ne recommencerai pas, jamais !

En réitérant ses remerciements, Richard sortit du bureau. Dans la voiture, il interrogea de nouveau Olivier. Le petit garçon, moins effrayé, donna des explications plus cohérentes et parla de Martin qui l'avait entraîné.

– Il ne faut pas écouter ce genre de mauvais conseils, dit Richard sèchement. Je suis très mécontent de toi, Olivier. Ta gourmandise t'a fait faire un geste que je désapprouve totalement. Je n'aurais jamais pensé que tu pourrais te comporter de cette façon. Je suis déçu et, je le répète, très mécontent.

Olivier sentit les larmes lui remplir les yeux. Il baissa la tête, dévoré de honte et de culpabilité.

Ce même soir, lorsque les enfants furent couchés, Richard décida d'avoir une explication avec Nancy. Il avait raconté, dès son retour, le méfait d'Olivier, que Nancy avait désapprouvé. Maintenant, seul avec elle dans la chambre, il voulait lui faire comprendre que, dans cette histoire, elle avait une part de responsabilité. Si elle n'avait pas privé Olivier de bonbons, celui-ci ne serait pas allé jusqu'à en voler...

Mais, dès qu'il aborda le problème, Nancy se cabra :

– Si je leur ai supprimé les bonbons, c'est pour leur bien. Ils mangent n'importe quoi n'importe comment. Ce n'est pas ma faute si ton fils est gourmand. Joséphine, elle, réagit beaucoup mieux.

– Olivier est plus jeune, et peut-être moins raisonnable. Ne pourrais-tu te montrer moins exigeante, Nancy ?

– Rien à faire. Ce n'est pas un gamin qui va me dicter ma conduite. Tu es trop bon avec lui, Richard. Si je cède, il va en profiter.

– Et toi, tu es trop dure.

Nancy poussa un soupir d'exaspération.

– Peu importe. Je ne veux plus en parler. Si tes enfants ne sont pas contents ici, ils n'ont qu'à retourner chez leur mère. Je ne suis pas allée les chercher. Ils sont venus de leur plein gré, avec toi. Ils peuvent s'en aller, je ne les retiendrai pas.

De guerre lasse, Richard capitula :

– Après tout, pourquoi pas ? Je leur poserai la question demain.

7

Ce dimanche de juin était splendide. Sans savoir pourquoi, Gisèle avait le cœur léger, pour la première fois depuis le départ de Richard et des enfants. Le soleil et les joyeux trissements des hirondelles lui rendaient son optimisme. Son travail à la boutique de Maud lui plaisait davantage chaque jour. Quant à Jean-Marc et à son petit Julien, ils comblaient provisoirement le vide affectif de sa vie. Mais, depuis qu'elle avait revu Richard, Gisèle savait qu'elle l'aimait toujours. Et elle voulait espérer qu'il finirait par revenir.

Comme chaque dimanche matin, elle s'activa, prépara un repas appétissant, avec un des desserts préférés d'Olivier. Elle connaissait l'appétit d'ogre de son fils, et fit une crème au chocolat, en souriant à l'idée du plaisir qu'il allait éprouver. Elle dressa la table d'une manière à la fois coquette et décontractée.

Puis elle s'habilla et se maquilla avec goût. Pour ses enfants, pour Jean-Marc et son petit Julien, elle voulait être belle. Elle mit une nouvelle robe, qu'elle avait achetée chez Maud l'avant-veille. Elle se contempla dans le miroir de la salle de bains avec satisfaction. La robe lui allait parfaitement, et sa jupe ample qui virevoltait à chaque mouvement lui donnait une allure très jeune. Ses cheveux, récemment éclaircis et mis en plis, avaient des reflets blonds qui lui adoucissaient le visage. Contente de son aspect, Gisèle eut un pincement au cœur malgré tout : c'était Richard qu'elle voulait séduire à nouveau, et reconquérir. Comment y parvenir ?

Plusieurs coups de sonnette, impatients et joyeux, la firent se précipiter dans l'entrée. Dès qu'elle ouvrit la porte, elle eut une exclamation de surprise. Joséphine et Olivier, en la bousculant, prenaient possession de l'appartement, chargés de deux gros sacs et de leur cartable d'école. Gisèle sentit un grand bonheur lui comprimer la poitrine, qui lui donna l'impression d'étouffer.

– Mes enfants... balbutia-t-elle. Vous revenez ?

Joséphine et Olivier lâchèrent leurs sacs, lui sautèrent au cou :

– Ma petite maman ! cria Joséphine. Comme je suis contente de revenir vivre avec toi ! J'en ai marre du sport, et Nancy ne veut pas le comprendre.

– Moi aussi, je suis bien content ! répéta Olivier. Au moins, je pourrai avoir du chocolat et des tartines beurrées pour mon petit déjeuner !

Gisèle serra ses enfants contre elle, les larmes aux yeux. Elle remarqua malicieusement :

– Mais moi, j'exigerai que vous travailliez bien à l'école. Je vous ferai réciter vos leçons, et je vérifierai si vous faites correctement tous vos devoirs. Que préférez-vous ?

– On préfère ça, maman, admit Joséphine sans hésiter.

Excités, ils gagnèrent chacun leur chambre et se réinstallèrent avec exubérance. En les entendant rire et s'agiter, Gisèle se dit que l'appartement reprenait vie. Il avait été trop calme, beaucoup trop calme au cours des dernières semaines.

Jean-Marc et Julien arrivèrent, et la journée se passa comme toujours dans une ambiance agréable. Après le repas, ils allèrent se promener, et tandis que les enfants couraient en avant, Jean-Marc regarda Gisèle avec un sourire approbateur :

– Vous avez un air heureux qui vous rend deux fois plus jolie. C'est le retour de vos enfants qui fait ainsi briller vos yeux ?

Gisèle approuva avec un grand soupir ravi :

– Oui. Ils m'ont tant manqué, si vous saviez ! Et j'enrageais de savoir que cette Nancy s'occupait d'eux, d'une façon qui ne leur convenait pas, en plus. Avez-vous entendu ce qu'a raconté Olivier, pendant le déjeuner, au sujet de ce vol dans un supermarché ? Mon petit garçon était mort de honte. Avec moi, jamais il ne se serait conduit ainsi. J'en suis certaine.

– Il est évident que, pour les enfants, la présence de la mère est souhaitable, constata Jean-Marc. Je le vois bien avec Julien. Il me demande tous les jours si Cathy va bientôt revenir.

Il baissa la tête, donna un coup de pied dans un caillou, enfonça ses mains dans ses poches :

– J'ai eu des nouvelles, la semaine dernière.

– Des nouvelles de Cathy ?

– Oui. Elle est chez ses parents, en Provence. Elle m'a téléphoné, un soir. Elle m'a dit qu'elle avait besoin de prendre du recul afin de faire le point sur notre situation. Elle ne pouvait plus continuer ainsi, avec l'impression d'être sans cesse délaissée. J'ai eu envie d'aller la rechercher avec Julien ce week-end, mais je me suis dit finalement qu'il valait mieux la laisser revenir d'elle-même. Comme je lui parlais de Julien qui la réclame sans cesse, elle m'a répondu : « Il me manque. Vous me manquez tous les deux. » Alors j'ai confiance, comprenez-vous, Gisèle ? Je m'oblige à croire qu'elle reviendra bientôt.

– J'aimerais pouvoir en dire autant de Richard, soupira Gisèle, soudain assombrie.

– Ayez confiance, déclara Jean-Marc avec force. Regardez, vos enfants sont de nouveau près de vous. Leur père les suivra peut-être.

Gisèle releva la tête et sourit en regardant ses enfants poursuivre Julien :

– Je l'espère, murmura-t-elle.

À la fin de la journée, lorsqu'elle se retrouva seule avec ses enfants, Gisèle les appela :

– Il faut que je vous parle sérieusement. Comme

vous le savez, maintenant je travaille chez Maud. Il va falloir nous organiser. Pour le matin, il n'y a pas de problème ; nous partirons tous les trois pour neuf heures. À midi, vous continuerez à manger à la cantine de l'école. Il y a un petit problème pour le soir, parce que je dois rester à la boutique jusqu'à dix-neuf heures. Alors voilà ce que nous allons faire. Je vais te donner, Joséphine, une clé de l'appartement. Tu es grande, tu as bientôt onze ans. Tu sauras te débrouiller. Dès ta sortie de l'école, tu iras rechercher ton frère. Vous reviendrez ici sagement et vous attendrez mon retour. Vous en profiterez pour faire vos devoirs et apprendre vos leçons. Il faudra me les réciter dès que je rentrerai. Et attention ! Il faudra les savoir parfaitement, je serai intraitable sur ce point. C'est bien compris ?

– Oui, maman, dit Joséphine avec fierté, ravie d'être considérée comme une grande et d'avoir une responsabilité. Nous serons raisonnables, ne t'inquiète pas.

– Je compte sur vous également pour ne pas mettre l'appartement en désordre. Je travaille toute la journée, et je n'ai plus beaucoup de temps pour ranger. Vous devrez faire votre lit et ranger votre chambre vous-mêmes.

– C'est promis, maman, reprit Joséphine. Je préfère ça à toutes les séances de sport que Nancy nous obligeait à faire.

Ils discutèrent longtemps tous les trois. Gisèle fit promettre à Olivier de ne plus jamais voler, et les deux enfants se couchèrent remplis de bonnes résolutions.

Lorsque Gisèle vint les embrasser dans leur lit, l'un après l'autre ils lui jetèrent les bras autour du cou en la serrant très fort et en lui répétant combien ils étaient heureux de revenir. La jeune femme regagna sa chambre, émue, les larmes aux yeux. Un arc-en-ciel de sentiments occupait son cœur : bonheur dû à la présence de Joséphine et d'Olivier, mais tristesse encore, malgré tout, à cause de l'absence de Richard.

8

Dès son arrivée à la boutique le lendemain, la première chose que fit Gisèle fut d'annoncer à Maud le retour des enfants. Celle-ci embrassa sincèrement son amie :

– Je suis bien contente pour toi, Gisèle. Contrairement à moi, tu n'es pas faite pour vivre seule. Tu as besoin d'une famille.

– Mais ma famille est encore bancale, constata Gisèle avec découragement. Il manque toujours Richard.

Maud enveloppa son amie d'un regard appréciateur :

– Tu as beaucoup changé depuis son départ. En mieux, bien entendu. À mon avis, tu pourrais le reconquérir. Pourquoi n'essaies-tu pas ?

Gisèle ouvrit des yeux surpris :

– Que puis-je faire ? Il a l'air complètement séduit par cette Nancy. Et moi, je ne suis pas du genre à lui courir après.

– Sans lui courir après, comme tu dis, tu peux t'arranger pour le revoir. Dis-lui que tu as besoin de papiers pour n'importe quoi, pour votre compte en banque, que sais-je ? Tu le fais venir, tu le retiens, au besoin tu lui offres de rester pour le repas. D'après ce que tu m'as dit, Nancy l'a mis au régime. C'est une chose qui ne doit pas lui plaire. Et puis, il te verra telle que tu es devenue : mince, jolie, élégante, sûre de toi...

– Oh ! sûre de moi... Tu exagères, Maud. Ce n'est qu'une apparence. Je me sens tellement fragile et vulnérable...

– L'important, c'est ce que tu parais être. Il faut lui montrer que tu te débrouilles très bien sans lui, et même faire des allusions à Jean-Marc, dire que tu le vois tous les dimanches. Si Richard t'aime encore, il sera jaloux. C'est excellent.

L'air docte et assuré de Maud fit rire Gisèle malgré elle.

– Après tout, peut-être as-tu raison, remarqua-t-elle.

Elle n'eut pas besoin de le faire. Richard lui-même, le dimanche suivant, monta jusqu'à l'appartement en ramenant les enfants de la piscine. Le cœur battant, Gisèle lui proposa de s'asseoir et de prendre l'apéritif. Il accepta. En passant dans le salon, il aperçut la table fleurie et dressée pour cinq personnes. Il fronça les sourcils, visiblement contrarié, mais ne posa aucune question. Il savait, par les enfants, que tous les dimanches, un certain Jean-Marc, avec son fils Julien, venait partager leur repas et passer la journée avec eux. Il ne pouvait s'empêcher de s'interroger. Qu'était cet homme pour Gisèle ? Le fait de savoir qu'il tournait autour de sa femme déplaisait fortement à Richard, car Gisèle était encore sa femme. Il la regarda tandis qu'elle préparait les biscuits salés et disposait les verres. Comme elle était redevenue jolie ! Elle avait des gestes souples, une taille mince qu'il eut envie, subitement, d'emprisonner entre ses deux mains. Ses cheveux, légers, dansaient autour d'elle chaque fois qu'elle bougeait la tête. Ce Jean-Marc devait certainement la trouver désirable. Lui faisait-il des avances ? Pire même, était-elle devenue sa maîtresse ?...

Un coup de sonnette interrompit ses réflexions. Gisèle annonça posément, tandis que Joséphine et Olivier se précipitaient pour ouvrir la porte :

– Voilà Jean-Marc et Julien.

Sans réfléchir, Richard se leva d'un bond. Il refusait de se trouver confronté à un homme qui était peut-être l'amant de sa femme. Il consulta sa montre, bougonna :

– Je ne peux pas rester. Nancy m'attend.

Gisèle, surprise et déçue, balbutia :

– Ne peux-tu prendre au moins l'apéritif avec nous ?

– Non, dit Richard, catégorique. De toute façon, Nancy ne veut pas que je boive de l'alcool. C'est mauvais pour la santé.

Le visage chargé d'orage, il sortit du salon, fit un salut à peine poli à Jean-Marc qui arrivait, et partit comme s'il fuyait. Gisèle, au bord des larmes, n'essaya plus de le retenir. Elle referma la porte derrière lui avec un sentiment de défaite et fit un effort pour sourire, ensuite, à ses invités. Jean-Marc, qui avait tout remarqué, fit preuve de discrétion et ne posa aucune question.

Richard descendit l'escalier à toute allure et se retrouva sur le trottoir, en proie à une colère qui lui brouillait la vue. Il jugea qu'il n'était pas en état de conduire et décida de marcher un peu afin de se calmer. De rage, il alluma une cigarette. Nancy avait beau lui répéter que le tabac était nocif et qu'il fallait qu'il cesse de fumer, il avait besoin, en cet instant, de ce dérivatif pour l'aider à reprendre le contrôle de lui-même. Tout en marchant, il se mit à réfléchir. Jamais il n'avait été aussi furieux. Mais jamais non plus Gisèle ne lui avait donné de motif de jalousie. Il fit le tour du pâté de maisons et se retrouva devant sa voiture, un peu calmé. Il jeta sa cigarette consumée, se glissa au volant, démarra et s'éloigna.

Il fut maussade toute la journée. Nancy s'en aperçut et tenta de le dérider. Elle pensa que le départ des enfants l'avait contrarié, mais, quant à elle, elle appréciait cette nouvelle solitude à deux. Elle trouvait les enfants gentils, mais parfois bien fatigants. Et puis, ces derniers temps, ils s'étaient montrés beaucoup moins malléables, et même réfractaires aux sports qu'elle voulait leur faire faire. Cela ne lui avait pas plu, d'autant plus que Richard lui avait fait des reproches qu'elle jugeait immérités, après cette stupide histoire de vol dans un supermarché. Maintenant, pensa-t-elle, puisqu'ils étaient seuls tous les deux, cela irait beaucoup mieux.

Dès le lendemain, Gisèle confia à Maud ce qu'elle considérait comme un échec. Cette dernière essaya de la réconforter :

– Rien n'est perdu, Gisèle. Tu as un autre atout. Ce sont tes enfants. Peut-être lui manqueront-ils comme ils t'ont manqué, à toi. Et puis, je dirais bien, comme Jean-Marc, que Richard réagit ainsi parce qu'il est jaloux. C'est bon signe.

Gisèle accueillit cette affirmation comme un espoir tremblant et ne répondit pas. Elle se raccrocha à son travail et, surtout, à ses enfants. Chaque soir, lorsqu'elle rentrait, ils étaient là qui l'attendaient. Ils lui montraient avec fierté leurs devoirs faits, lui récitaient leurs leçons. Ensuite, Joséphine mettait la table pendant que Gisèle préparait le repas. Ils lui racontaient les menus faits qui avaient marqué leur journée, et Gisèle les écoutait attentivement. Joséphine, un soir, remarqua :

– Au moins, toi, maman, tu t'occupes de nous. Ce n'est pas comme Nancy. Elle, à part le sport, rien ne l'intéresse.

Ces paroles éveillèrent dans le cœur de Gisèle un écho porteur d'espérance. À part le sport, rien ne l'intéresse. Peut-être, dans ce cas, se lasserait-elle de Richard ?...

Le mois de juin se terminait. Bientôt, les vacances

scolaires seraient là. Joséphine rapportait fièrement de meilleures notes de l'école et disait que Mlle Roux appréciait ses devoirs mieux faits. Olivier, quant à lui, était heureux. Il n'était plus privé de bonbons et se trouvait très satisfait de son sort. Pourtant, l'absence de son père le gênait. Il aurait voulu qu'il revienne vivre avec eux. Il posa la question, un soir, à Gisèle :

– Maman, est-ce que papa va revenir ?

Surprise, Gisèle resta un instant sans répondre. Ce fut Joséphine qui déclara, d'un ton supérieur :

– Papa est chez Nancy. Il va toujours rester chez elle.

Le petit visage d'Olivier se crispa :

– Je ne veux pas, moi. Je veux qu'il revienne avec nous. Dis, maman, quand va-t-il revenir ?

Malheureuse, Gisèle soupira :

– Tu le lui demanderas toi-même dimanche, Olivier.

– Oui, approuva le petit garçon, et je lui dirai que nous voulons tous qu'il soit de nouveau avec nous.

Gisèle pensa une fois de plus que cette situation boiteuse ne pourrait durer éternellement. Il faudrait qu'elle ait une explication avec Richard, afin de savoir avec certitude, une fois pour toutes, ce qu'il envisageait pour l'avenir. Mais une lâcheté l'en empêchait. Elle avait trop peur de l'entendre dire qu'il voulait les quitter définitivement et refaire sa vie avec Nancy. Elle préférait encore vivre dans l'expectative et dans l'attente, car au moins cela laissait une place à l'espoir.

D'un anniversaire à l'autre

Le samedi suivant, Gisèle, en sortant de la boutique, aperçut Jean-Marc qui l'attendait en faisant les cent pas sur le trottoir. Il n'était pas accompagné de Julien, et ce fait parut surprenant à Gisèle. Elle s'avança, souriante mais inquiète.

– Jean-Marc ! Que se passe-t-il ?

En le regardant, elle lui trouva un air heureux, rajeuni. Une joie secrète faisait briller ses yeux. Comme il ne répondait pas, elle insista :

– Où est Julien ?

Jean-Marc lança, avec le sourire ravi d'un petit garçon qui annonce une bonne nouvelle :

– Cathy est revenue. Hier soir. Julien ne veut plus la quitter et est resté auprès d'elle.

La surprise causa un choc à Gisèle. Elle balbutia, comme si elle avait du mal à comprendre :

– Cathy ? Revenue ? Hier ?

– Elle était sur le palier lorsque je suis rentré de mon travail. Elle s'est jetée dans mes bras en pleurant et en me suppliant de lui pardonner. Nous avons eu une explication, tous les deux, et nous avons décidé de faire un effort, chacun de notre côté. J'ai promis de ne plus la délaisser, de préserver des périodes de temps libre que je passerai avec elle et Julien. Les soirées, les week-ends notamment. Alors, je voulais vous dire... Je ne viendrai plus le dimanche chez vous, Gisèle.

Gisèle se sentit blessée. Elle ne put s'empêcher de demander, d'une voix tremblante :

– Alors, vous aussi vous me laissez tomber ?

– Comprenez-moi, Gisèle. Je ne peux pas faire autrement. C'est mon foyer qui est en jeu. Si vous voyiez Julien, depuis que sa mère est revenue ! Il est méconnaissable, transfiguré. Il est redevenu un petit garçon heureux.

Le visage de Jean-Marc se fit grave. Il se pencha avec émotion vers Gisèle, lui prit une main qu'il serra dans les siennes.

– Je penserai encore à vous bien souvent. Et toujours, je vous serai reconnaissant. Vous m'avez aidé, vous et vos enfants, à traverser une période qui a été pour moi difficile. C'est votre amitié qui m'a aidé à tenir, à ne pas céder au découragement. Du fond du cœur, je vous remercie pour ce que vous avez fait.

Il sortit de sa poche un petit bouquet de violettes enveloppées d'un mince papier de soie, le lui mit entre les mains :

– Adieu, Gisèle. Je ne vous oublierai pas.

Comme s'il avait peur de s'attendrir, il se détourna et s'éloigna rapidement, à grands pas, la laissant là, désemparée, les larmes aux yeux, tenant dans ses mains, comme un ultime cadeau d'adieu, le petit bouquet fragile et odorant.

Elle rentra chez elle à pas lents, pensive et triste. Elle ne pouvait s'empêcher d'envier le bonheur de Jean-Marc. Sa femme était de nouveau près de lui.

Le lendemain matin, elle annonça à ses enfants que Jean-Marc et Julien ne viendraient plus. Eux aussi furent déçus. Le petit Julien était pour eux un compagnon de jeux agréable.

– Ils ne viendront plus... jamais ? demanda Olivier.

– Je ne crois pas, dit Gisèle. Ils passaient le dimanche avec nous parce qu'ils étaient seuls tous les deux. Mais maintenant, la maman de Julien est revenue.

– Eh bien, moi, décida Olivier, je vais dire à papa qu'il revienne vivre avec nous.

Dans la voiture, tandis que Richard les conduisait à la piscine, le petit garçon lui posa la question. Richard, interloqué, ne sut que répondre. Il biaisa :

– C'est votre mère qui vous a chargés de me demander ça ?

– Non, maman ne nous a rien dit. C'est moi qui voudrais bien. Et Joséphine aussi. N'est-ce pas, Joséphine ?

La petite fille fit un signe affirmatif.

– C'est vrai, papa. Je ne comprends pas pourquoi tu restes encore chez Nancy. On est bien mieux avec maman !

Richard soupira. Comment expliquer aux enfants ce qu'il ressentait, la façon dont il était tombé amoureux de Nancy ? Ils étaient trop jeunes pour comprendre.

– Nous ne verrons plus Jean-Marc et Julien, continua Olivier. Maman dit que la femme de Jean-Marc est revenue avant-hier. Ils ne viendront plus passer le dimanche avec nous.

La joie qui, subitement, inonda Richard le surprit. Joie, soulagement, satisfaction. Ainsi, cet homme ne tournerait plus autour de Gisèle. Avec allégresse, Richard se mit à siffloter.

Après la piscine, il reconduisit les enfants chez leur mère et monta avec eux jusqu'à l'appartement. Gisèle, dans une robe légère, finissait de mettre le couvert. Il régnait une bonne odeur de cuisine, et Richard se dit qu'il avait faim. Il pensa au repas qui l'attendait chez Nancy et, malgré lui, il fit la grimace. Un régime, c'était bien beau, mais quand il se prolongeait, il ne tardait pas à prendre des allures de punition.

Richard se força à ne pas regarder le gâteau au chocolat qu'il apercevait sur la desserte, et se consola en voyant que la table n'était mise que pour trois. Au centre, pourtant, un délicat bouquet de violettes mettait une touche romantique. Un doute vint lui mordiller le cœur. Les enfants avaient dit que Jean-Marc et Julien ne viendraient plus le dimanche, mais peut-être Jean-Marc rencontrerait-il encore Gisèle les autres jours ? Pourquoi pas ? Soudain assombri, Richard refusa l'offre de Gisèle de prendre l'apéritif et s'en alla. En sortant, il se retint de claquer la porte.

9

Toute la semaine, il fut de mauvaise humeur. Il ne cessa de penser à Gisèle, à la jeune femme séduisante qu'elle était redevenue. Il se sentait jaloux. Jaloux de ce Jean-Marc, jaloux de tous les hommes qui pouvaient l'approcher et profiter de sa solitude. En même temps, il se rendit compte que la vie avec Nancy avait subitement beaucoup moins de charme.

D'abord, Gisèle était bien meilleure cuisinière. Il se souvint des bons petits plats qu'elle lui préparait. Vers la fin, il ne la félicitait même plus, considérant cela comme normal. Pourtant, comme ces petits plats lui manquaient maintenant ! Ensuite, il devait bien s'avouer que Nancy devenait de plus en plus exigeante. Après lui avoir demandé de réduire sa consommation de cigarettes, elle avait pris la décision de l'empêcher de fumer. Elle assurait à Richard qu'elle agissait ainsi pour son bien, et sans doute était-ce vrai. Mais cela ne lui plaisait pas. Il aimait bien, après le repas, fumer une cigarette en buvant son café. À cause de Nancy, il devait s'en priver. Il en profitait pour se rattraper dès qu'il était à son travail. Mais cette contrainte l'agaçait.

Il y avait aussi autre chose. C'était inattendu et surprenant, mais les enfants lui manquaient. Il ne pensait pas être aussi attaché à eux. Depuis qu'ils étaient repartis vivre avec Gisèle, il trouvait l'appartement de

Nancy bien silencieux et bien morne. Il se rappelait sa joie et sa fierté, lorsqu'ils étaient nés, et la lutte de Gisèle pour les mettre au monde tandis qu'il lui tenait la main... Nancy, elle, avait déclaré qu'elle n'aurait jamais d'enfant. Elle ne voulait pas abîmer son corps, affirmait-elle, et elle ajoutait qu'il était bien plus intéressant de faire du sport que de pouponner. Richard avait espéré qu'elle changerait d'avis, mais il commençait à comprendre qu'un tel espoir s'avérait fallacieux.

La seule chose qui le retenait encore près de Nancy, c'était la passion qui les avait poussés l'un vers l'autre. Un vrai tourbillon, auquel il n'avait pas su résister. Pourtant, le tourbillon s'assagissait, la passion tiédissait. Et Richard, de plus en plus, commençait à regretter ce coup de tête qui lui avait fait quitter Gisèle.

La crise éclata le samedi matin. Ce jour-là, il pleuvait. Richard, qui ne travaillait pas, grogna lorsque le réveil sonna. Une pensée traversa son cerveau encore embrumé par le sommeil : « Gisèle, au moins, me laissait faire la grasse matinée. » Il se retourna de l'autre côté, tenta de se rendormir. Il y parvenait lorsque Nancy se mit à le secouer :

– Richard, il est sept heures. Lève-toi.

Richard grogna de nouveau. Il ouvrit un œil, jeta un regard vers la fenêtre, vit qu'elle ruisselait de pluie. Il enfouit sa tête dans l'oreiller en bougonnant :

– Laisse-moi, Nancy... Veux dormir...

D'un anniversaire à l'autre

– Allons, grand paresseux ! s'exclama Nancy. Dépêche-toi ! Et notre jogging du samedi matin, tu l'oublies ? Je suis déjà prête, moi !

L'entrain de Nancy, qui se voulait communicatif, ne parvint qu'à renfrogner davantage Richard. Il referma les yeux et déclara d'un ton boudeur mais décidé :

– Je ne veux pas faire de jogging. Il pleut.

Avec énergie, Nancy tira sur le drap et secoua Richard de plus belle :

– Ce n'est qu'une légère pluie d'été, délicieuse et rafraîchissante. De toute façon, c'est très vivifiant de courir sous la pluie. C'est excellent pour la santé.

Cette phrase, que Nancy ne cessait de répéter lorsqu'elle voulait convaincre les autres, fit subitement grimper la colère de Richard. Sachant que la jeune femme ne le laisserait pas en paix, il s'assit dans le lit et lui fit face :

– Il me semble que j'ai été assez clair, déclara-t-il d'un ton sec. Je ne veux pas, un point c'est tout. Vas-y si tu le veux, mais laisse-moi tranquille.

Nancy le regarda avec surprise. C'était la première fois qu'il réagissait ainsi. Habituellement, même s'il protestait un peu, il obéissait toujours.

– Tu ne veux pas ? Mais pourquoi ?

Il croisa les bras, l'air à la fois furieux et profondément las :

– Nancy, essaie de comprendre une fois pour toutes que ce qui te plaît n'est pas obligé de plaire aux autres. Courir sous la pluie à sept heures du matin ne m'enthousiasme pas. Si je préfère rester dans mon lit et dormir, c'est mon droit, non ?

– Mais, Richard, le sport... c'est excellent pour...

– Oui, je sais, je sais, coupa Richard impatienté. Et je n'ai rien contre le sport. Au contraire. Mais il faut qu'il soit un plaisir, et non une obligation. Et pour le moment, je n'en ai pas envie.

Nancy pinça les lèvres avec une expression vexée :

– Très bien. Puisque tu ne veux pas venir, j'irai seule. Elle sortit de l'appartement, et Richard se recoucha avec délice. Il comprit, à cet instant précis, le désir qu'avait Gisèle, chaque dimanche matin, de faire la grasse matinée. Au début de leur mariage, ils restaient au lit de longues heures, et quelquefois ne se levaient pas avant midi... Rêveur, Richard s'adossa à l'oreiller, prit une cigarette, l'alluma. Il pensa à Nancy qui sentirait l'odeur du tabac et qui ne manquerait pas de protester. Il haussa les épaules. Il n'avait plus l'âge d'être grondé sans cesse comme un enfant. Il tira sur sa cigarette avec conviction et la savoura longuement.

Lorsque Nancy rentra, elle était trempée, mais son visage aux joues rouges respirait la santé et la joie de vivre. Dès qu'elle fut dans l'appartement, elle fronça le nez :

– Tu as fumé, Richard ? demanda-t-elle d'un ton lourd de critiques.

Richard, qui lisait son journal dans le lit, répondit brièvement :

– J'ai eu envie d'une cigarette, en effet.

D'un pas vif, Nancy gagna la chambre, s'arrêta devant le lit :

– Richard ! Combien de fois devrai-je te dire que le tabac est mauvais pour la santé ? Et de plus, tu es encore là à paresser ! N'as-tu pas honte ?

La colère faisait étinceler ses yeux, empourprait davantage ses joues. Le survêtement mouillé collait à son corps, mais Richard n'éprouva aucun désir. Au fond de lui renaissait la révolte qui l'avait saisi à son réveil. Il posa son journal :

– Non, je n'ai pas honte. Je suis assez grand pour savoir ce que j'ai à faire. Je ne suis plus un enfant à qui l'on dicte des ordres.

– C'est pour ton bien, jeta Nancy, frémissante.

– Peut-être. Mais ce que tu crois être mon bien ne correspond pas forcément à l'idée que je m'en fais, moi. Alors j'aimerais que tu me laisses vivre à ma guise. Moi, je ne t'oblige pas à partager mes goûts.

– Heureusement ! dit Nancy avec dédain. Si je t'avais écouté, je serais maintenant prise au piège ! Tu voulais divorcer, m'épouser, et même me faire des enfants. Ah ! non alors !

Elle regarda cet homme qui lui avait plu, dont elle était tombée amoureuse. Ces derniers temps, il avait changé. À quoi cela était-il dû ?

– Tu m'as dit que tu voulais rester libre, reprit Richard. Eh bien, moi aussi, j'aime me sentir libre, pouvoir fumer si j'en ai envie, manger un dessert qui me plaît même s'il contient trop de calories... Gisèle, au moins, ne m'en empêchait pas.

Nancy se raidit.

– Dans ce cas, que fais-tu ici ? Retourne auprès d'elle !

Les mots dansèrent entre eux, dans un silence tendu. Richard se rendit compte qu'ils exprimaient un désir qu'il n'avait pas encore osé s'avouer à lui-même.

– Tu as raison, dit-il d'une voix sourde. C'est ce que je vais faire.

Ce dimanche matin, Gisèle se réveilla avec, au cœur, une pointe de nostalgie. Ce jour était celui de ses trente-cinq ans. Pour la première fois depuis son mariage, Richard ne serait pas auprès d'elle pour le lui souhaiter. S'en souviendrait-il, au moins ? Elle avait prévenu les enfants qu'il y aurait un déjeuner spécial, et elle les avait entendus chuchoter mystérieusement en froissant des papiers. Peut-être lui offriraient-ils un cadeau ? Grâce à eux, elle aurait quand même un peu de joie. Elle ne passerait pas cette journée en solitaire.

Elle prépara un repas particulièrement soigné, mit une jolie nappe blanche sur la table, et y disposa les couverts des jours de fête. Elle se dit avec tristesse qu'il manquait, au centre, la coupe de fleurs que Richard lui offrait à chacun de ses anniversaires. Elle refoula les larmes qui lui montaient aux yeux et revêtit la nouvelle robe brodée qu'elle s'était offerte la veille, dans la boutique de Maud.

L'heure de la piscine arriva, mais Richard ne vint pas. Les enfants s'étonnèrent, interrogèrent Gisèle. Elle ne sut que leur répondre. Elle-même ne savait que croire. Richard avait-il oublié ? Que se passait-il ? La matinée s'avança, et Gisèle, aidée de Joséphine, était occupée à disposer des bougies sur le gâteau d'anniversaire lorsqu'on sonna à la porte. Intriguée, elle alla ouvrir. Sur le palier, une bouteille de champagne sous le bras et une coupe de fleurs dans les mains, Richard lui souriait, de ce sourire timide et charmant qu'il avait, au temps de leurs premières rencontres.

– Joyeux anniversaire, Gisèle, dit-il. Puis-je entrer ? Je voudrais fêter cet événement avec vous trois. Et même rester plus longtemps, si tu veux bien de moi. Ma valise est dans la voiture.

Une houle de sentiments, où la joie dominait, submergea Gisèle. Elle fut incapable de répondre. À ses yeux qui brillaient, au bonheur qui illumina son visage, Richard comprit qu'elle acceptait. Il entra et lui tendit les fleurs. Elle les prit, aussi intimidée que le jour où il lui avait offert son premier cadeau.

Les enfants arrivèrent, regardèrent les fleurs et le champagne :

– Papa ! Tu viens fêter l'anniversaire de maman avec nous ?

– Bien entendu, répondit Richard. Pas de piscine aujourd'hui. C'est jour de fête. Et puis, question sport, nous en avons eu assez ces derniers temps, non ? Je pense que nous pouvons nous reposer un peu.

Les yeux humides, Gisèle alla placer la coupe de fleurs au milieu de la table. Elle avait l'impression de se mouvoir dans une irréalité où pétillaient des millions de bulles enivrantes. Elle se sentait heureuse. Pour son anniversaire, sa famille était de nouveau unie, Richard et les enfants se trouvaient auprès d'elle. Elle ne pouvait recevoir de plus beau cadeau.

Après le repas, alors qu'elle versait le café, Richard alluma une cigarette et la regarda gravement :

– Avec Nancy, c'est fini, dit-il. J'ai mal agi envers toi, Gisèle, et je le regrette. Me pardonnes-tu ? Me permets-tu de revenir auprès de toi ?

Gisèle n'eut pas le temps de répondre. Avec impétuosité, Joséphine et Olivier s'écrièrent :

– Oh ! oui, papa ! Reviens avec nous !

Richard interrogea sa femme du regard, et elle acquiesça doucement en souriant. Il eut un profond soupir, à la fois soulagé et heureux.

– Merci, Gisèle, murmura-t-il.

Elle retrouva dans son regard la lueur qui y brillait au début de leur mariage et qui, ces dernières années, avait disparu. Elle vint s'asseoir tout près de lui :

– Je ne demanderai qu'une chose, Richard. Une seule, mais j'y tiens.

Il la regarda, inquiet. Qu'allait-elle exiger ?

– Je veux continuer à travailler. Mon travail chez Maud me plaît, et pour les enfants il n'y a aucun problème. Nous nous sommes très bien organisés, et nous continuerons de le même façon. J'espère que tu ne t'y opposeras pas.

Richard enveloppa sa femme d'un regard approbateur :

– À vrai dire, si c'est ton travail qui t'a métamorphosée ainsi, j'aurais mauvaise grâce à m'y opposer.

– J'ai également pensé aux vacances scolaires. En juillet les enfants iront en Touraine, chez ma mère. Elle sera ravie de les accueillir. Et en août, nous partirons ensemble, comme chaque année. Ça tombe bien, Maud ferme sa boutique pendant tout le mois.

Richard n'émit aucune objection. Il pensa, au contraire, qu'il se retrouverait seul avec Gisèle pendant plusieurs semaines, et il se dit que cela serait excellent pour leur couple. Ils pourraient ainsi prendre un nouveau départ. Richard eut l'impression excitante d'être redevenu un jeune marié, très amoureux de sa femme.

Tandis que les enfants allaient chercher, avec des airs mystérieux, leur cadeau, il prit la main de sa femme.

– Je t'aime toujours, Gisèle, dit-il tout bas. Je n'ai jamais cessé de t'aimer.

Les enfants revenaient en se bousculant avec des rires. Gisèle recueillit l'aveu de Richard avec une profonde émotion. Un anniversaire avait disloqué sa famille, un autre la lui rendait. Les larmes aux yeux, elle embrassa ses enfants en songeant que sa vie bouleversée avait enfin retrouvé son équilibre.

Composition réalisée
par S.C.C.M. - Paris XIIe.

Aubin Imprimeur
LIGUGÉ, POITIERS

Achevé d'imprimer en mars 1997
pour le compte de France Loisirs
123, bd de Grenelle, 75015 Paris
N° d'édition 27032 / N° d'impression L 53334
Dépôt légal, mars 1997

Cet ouvrage a été imprimé
sur du papier sans bois et sans acide

Imprimé en France